くちを失くした蝶

星田英利

角川書店

目次

プロローグ

どろり、と目が覚めた。薄く開いた両眼から、全身に溜《た》まったどす黒い、粘り気のあるものが、ゆっくりと、そしてとめどなく垂れ落ちる感覚。竹下《たけした》ミコトはベッドに横たわって身動きひとつしないまま、年頃の女の子の部屋には似付かわしくない、天井からぶら下がる古い照明を見つめていた。

またいつもの夢を見た。ふわふわの白い毛を纏《まと》った小さな蝶《ちょう》になった夢。蜜《みつ》を吸おうとしても吸えず、羽ばたいても羽ばたいても飛びあがれない。最後は迫り来るどす黒い樹液から逃れられずに、純白の全身を絡め取られて死んでいく———。

その夢とは異なり、今日もこうして自分が生きて目が覚めたことを、ミコトは悔やんだ。

「…死にたい」

寝起きのかすれた声で呻《うめ》く。頻繁に、息を吐くように、この言葉が口から染み出すようになって、どれくらい経つだろうか。最近は生まれて初めて発した言葉というのも、これだったたんじゃないのかとさえ思う。

――――おい、おまえ、なんで今日も目が覚めたんだ？　あ？　てか、そもそも、なんでこの世に生まれてきたんだ？　あ？

心の中でそう自分自身を口汚く罵《ののし》りながら、おもむろに自らの髪の毛を両手で鷲摑《わしづか》みにして、憑《つ》きものがついたように振り回す。指の隙間に抜けた髪の毛が挟まった手を見つめ、死体のように全身の力を抜く。繊維がヘタったシミだらけのカーペットの床に布団と共にずり落ちると、ドスッと鈍い音がした。

こんな日も今日で終わる――――。

高校三年生・6月

竹下ミコトは、今日、死ぬことに決めていた。

ふすまを開けるとムワッとした臭気がミコトの鼻をついた。狭いダイニングキッチンに充満する、香水と煙草と酒が混ざった匂い。ミコトはその匂いに、毎朝のように吐き気をもよおす。もちろん、今日も。

その醜悪に澱《よど》んだ塊を追い出すために、台所の上の格子が入った窓を開けると、入れ違いに、湿気を含んだ青臭い梅雨の朝が、入り込んできた。

テーブルの上、乱暴に捻《ね》じ曲げられた吸い殻が入った灰皿の中身を捨て、洗ってシンクの上に置く。そして冷蔵庫の中から麦茶と、お弁当用に取っておいた、夕べの残り物の野菜炒《いた》めが入った皿を取り出す。手に持った麦茶のピッチャーを見ると、注ぎ口に赤い口紅がべったりとついていた。

「……ふう……」

　ミコトは怒りと諦《あきら》めが混じった大きな溜息をつき、ピッチャーを冷蔵庫に戻す。コップに蛇口から水を注ぎ、一気に飲み干す。小さな食器棚から弁当箱を取り出し、野菜炒めを詰める。そして、かなり古い炊飯器のせいで、今日も少し黄色く濁った、保温のご飯をフライパンに入れ、手際よく自分の弁当用と、母の分のオムライスを作った。

　洗い物を終え一段落した時、背後のふすまが開く音がした。

「…おはよう、早いね」

　振り返らずにミコトが愛想のない声を掛ける。

「……寝てられないわよ……朝からガタガタ騒がしくてさ…」

　ふすまで体を支えやっと立っている様子の母が、挨拶《あいさつ》を返すことなく不機嫌にそう言った。

　そして、やっと消えかけていた不快な匂いを再び撒《ま》き散らしながら、ふらふらとトイレに向かう。開いたままのふすまから、布団の周りに乱雑に脱ぎ捨てられた、派手な服が見えた。

　シンクの下に掛けられた、時計店の名前が入ったタオルで手を拭《ふ》き、ミコトも洗面所に向かう。歯ブラシに歯磨き粉を乗せ咥《くわ》えると、トイレが流れる音がして、母が出てきた。再び部屋中に漂いだした、あの不快で下品な匂いがミコトの鼻をつく。

「…帰ったら、シャワー浴びてから寝なよ」

　ミコトが歯を磨きながら鏡越しに言う。

「……あとさ、麦茶、直接飲まないで……あと、タバコ吸うならちゃんと――」

「おやすみ！」

目も耳も、そして意識さえも、一度もミコトに向けることなく、母は気だるい様子で吐き捨てた。そしてヨロヨロと壁づたいに部屋に戻って行く、その途中、

「……あ、そうだ、思い出した、あのさ…」

そう言って母が振り返る。

〝思い出した〟というその言葉に、ほんの僅《わず》かであったが、一瞬、ミコトの目に、幼な子が何かを期待するかのような、光が差した。

「ゴミ忘れないでね」

その光が音もなく、すーっと消える。

別に今さら、母に何かを言ってもらおうなんて思っていなかったし。今までもそうだったし。子供じゃないんだし。逆に、なんか言われても困るし――。

ミコトが自ら命を断つ今日は、
ミコトの十八回目の誕生日だった。

父が、母とミコトを置いて出て行ったのは、ミコトが五歳の時だ。それから母は、女手ひとつでミコトを育ててきた。専業主婦だった母は離婚後、幼いミコトを連れ公営団地に引っ越し、昼間の仕事を始めたが長続きはしなかった。その理由が、金銭的なことなのか、ただただ仕事

が肌に合わなかったのかはミコトにはわからないが、小学校に入る頃には水商売勤めを始めていた。

そのせいで、これまでのように、ミコトと母が仲良く一緒に床に就くことは、できなくなった。母も辛《つら》かったろうが、幼いミコトも必死に我慢した。自分のために母が仕事を頑張ってくれている、ということが、幼いながらわかっていたからだ。

ただ、そうはいっても、ひとりぼっちで過ごす夜は、寂《さみ》しくて、辛くて、怖かった。それでもミコトは、触れ合える僅かな時間にミコトを全力で愛《め》でてくれる母の〝残り香〟を反芻《はんすう》しながら、孤独や不安と戦い続けた。

しかし、いつからだろうか。朝、ミコトが目を覚ましても母はまだ帰宅していなかったり、帰宅していても、お酒と煙草の匂いを全身に纏わせて眠り込んだままの日が増えていった。ミコトは、誰もいない部屋か母の寝顔に向かって、いってきます、と囁《ささや》き、空腹のままで登校するようになっていった。

当時、母はまだ若く、寂しさもあったのだろう。店の客と恋に堕《お》ち、別れ、また恋に堕ちることをくり返していた。そうやって女性としての人生を謳歌《おうか》することに忙しく、母としての役目にはまったく気が回らない様子だった。

そしてミコトが小学校三年生になった頃には、母が何日も続けて家を空けることも増えた。もう二度と母が帰って来ないかもしれない。そんな不安と戦いながら、ミコトは洗濯や料理の、慣れない家事に立った。そのうち、食料が底をつくと、ただただ、ひたすら我慢した。

一食は学校の給食で確保できたが、夏休みなどの長期休みは本当に辛かった。当然のごとく、普段から痩《や》せているミコトは、長期休み明けにはいつも、まるで苦行をやり遂げた行者のように痩せこけていた。

そして悪いことに、ミコトのあずかり知らないところで、母はいつからか、自らの〝女〟としての人生が上手《うま》くいかない一因はミコトの存在にあるのだと、考えるようになっていった。母は、暴力を振るうわけでは無かったが、ただただミコトを邪険に扱うようになっていった。

手にゴミ袋を持ったミコトが、アパートの二階の自宅を出てドアに挿した鍵《かぎ》を回す。鍵にぶら下がっているストラップの古ぼけた白い蝶の人形が揺れ、それに付いた鈴がリズミカルに音を立てた。その鍵を通学用のリュックのポケットに大事そうにしまう。ひとつ溜息をつき、塗料が剝《は》がれて地金が錆《さ》びたアパートの階段を降りる。

この時ミコトはいつも、さっきベッドの上からそうしたように、全身の力を抜いて死体のように階段を転げ落ちたい衝動に駆られる。頭でも打って本当の死体になれないかと期待して、だ。それでも、実行したことは一度もなかった。〝打ちどころが悪くて死ぬ〟という、あまり確率が高くない可能性に賭《か》けるのが、怖かったのだ。

パタン、パタンと、気の抜けた音と細かい砂ぼこりを立てながら鉄階段を降り、アパートの塀の前のゴミ置き場に進む。

「おはようございます」

突然、甲高い声が飛んできて、ミコトは思わず仰《の》け反る。見ると、初老の女性が、ビニールの手袋をはめた手に箒《ほうき》を持ち、カラス除《よ》けの青いネットをめくり上げて立っていた。山岡《やまおか》という、このアパートの大家とは、ここに入居する際、敷金礼金をゼロにすることと、家賃の値下げを要求して何度も交渉した。

今時、駅から遠く離れた築何十年の、こんなボロアパートに新しく入居する者もなかなかいない。そんな部屋をただ空けておくよりは、と山岡も考えたようで、渋々、こちらが提示した条件を了承してくれた。だが、気がおさまらなかったのか、入居した直後から何かとミコトたち母子には厳しかった。

そして、母が泥酔して帰宅した時の騒音の苦情が、入居者から寄せられたのが決定打になり、事あるごとに、半ば不条理に、母とミコトに冷たく当たるようになったのだ。

そんな事情もあり、山岡の挨拶をさすがに無視することはできず、ミコトは硬い表情のまま慇懃《いんぎん》に会釈し、ゴミ袋を置いて早々に立ち去ろうとした。

「竹下さんっ！」

駅の自動改札機の扉のような速さと勢いで、山岡が呼び止める。定期券の期限が切れていることを知らずに使用した当人のように、ミコトの心臓が、くんっ、と引き攣《つ》る。

「…は、はい」

「今はちゃんとやってらしたけどね、これね、このネットは全部にきちんとこうやって掛けてくださいね。いつもね、こうなっちゃってるの。これじゃカラスやら…あれほら、なんだっけ、ハ、ハク…ビシン？　あんなのが散らかしちゃうの。だからね、ちゃんとここまで、こうしてもらわないと――」
ゴミ置き場の青いネットを掛けたり外したり、まるで講義をしているかのような山岡の言葉が矢継ぎ早に飛んでくる。その口調と表情の端々には、容疑者ではなく、犯罪が立証された者にぶつけるような苛立《いらだ》ちと棘《とげ》が混じっていた。そしてあろうことか最後には、

「――なのね、ここに注意書き書いてあるのよ、知ってらした？　これからはきちんとしてくださいね。お母さんにも強く言っておいて」

と、ミコトたちが犯人だと完全に決めつけたような言葉を、蔑《さげす》みと嫌悪感をべったりと貼り付けた顔で言った。

確かに母の性格ならばありえるかもしれない。だが実際は、その可能性は微塵《みじん》もなかった。今まで母がゴミ出しをしたことなんて、たったの一度も無かったからだ。

ミコトは何も答えず、踵《きびす》を返して自転車置き場に急ぐ。母の自転車が傾いて、ミコトの自転車にすがりつくように寄り掛かっていた。ミコトはそのさまに無性に腹が立ち、絡みつく母の自転車を追い払うように外す。すると、反対側の自転車にガシャン！　と勢いよくぶつかって斜めに止まった。ミコトは何事もなかったように自分の自転車の鍵を外し、サドルに跨《また》がってアパートの門を出ようとした、その時。

「きゃっ！」

自転車がぶつかる音を聞いて見にきたのだろう、入ってきた山岡と出会い頭にぶつかりそう

になり、慌《あわ》ててブレーキを握る。悲鳴をあげバランスを崩した山岡に無言で軽く頭を下げて、ミコトは勢いよくペダルを踏み込んだ。


満員電車がガコンと揺れる。すると、まるで大きなひとつの塊のようになった乗客が、リュックを抱きしめてドア横に立つミコトにのしかかる。毎朝、自転車で駅まで行き、この時間の、この満員電車の、この車両の、そしてこの位置に乗る。電車が反対方向に揺れ、人の塊と少しの隙間ができた刹那《せつな》、凄《すご》い力でまたこちらに戻ってくる。目の前の鉄の手すりがギュウウウとミコトの身体に食い込む。

毎日、毎日、これがミコトの身にくり返されるうちに、いつか自分もこの塊に癒着し、自我を一切失ってしまうんじゃないかと思っていた。だがそれは、心配という意味じゃなく、いっそそうなることを望んでいた。

でも、それもこれも、何もかもが今日で終わる。

人の塊による何回目かの長いギュウウウが弛《ゆる》み、苦しい息を漏らしながらドアガラスにうつる自分と目が合った時、突然、

「……ってえな。何回も押してくるんじゃやねぇよ、ブス」

不快な口臭を引き連れて、男性の低くくぐもった声がミコトの耳元に届いた。そして、偶然だとは到底思えない力とタイミングで、ドンッ！　とミコトの背中に肘《ひじ》が突き刺さり、内臓まで染み入るような強烈な痛みに息が詰まる。ミコトはドアのガラスに映る歪《ゆが》んだ自分の顔から

目を逸《そ》らさず、少しも収まる様子が見えない痛みに耐え続けた。

「クソが」

痛みが引かないまま次の駅に到着し、反対側のドアが開くと、さっきの声の主から再びミコトの耳元に言葉が投げつけられた。人の塊が大きく緩む中、ミコトはガラスにうつる自らをじっと睨《にら》みつけたまま、身動きひとつすることはなかった。

ようやく学校がある駅に着き、改札を出る。ミコトと同じ制服を着た生徒の波が、同じ方向へ途切れなく流れる。カップルや友人同士で楽しげに話しながら歩く生徒たちが、重い足取りのミコトを次々と追い抜いていく。

さながら〝ゴルゴタの丘への行進〟だ。ミコトは重い十字架を背負い、処刑場へ向かうキリスト。それを囃《はや》し立てお祭りのように楽しむ民衆が他の生徒たちだ。〝あの日〟から毎日、ミコトは磔《はりつけ》にされた十字架を背中に、ヨロヨロとこの道を歩いてきた。毎日、毎日、毎日。

でもそれも、今日で終わる。


四限目の終わりを知らせるチャイムが鳴った。数学の中年教師が教室を出る前にすでに、生徒たちが一斉にワサワサと賑《にぎ》やかに動き出す。購買部で人気のパンを手に入れるために教室を飛び出す者、弁当を食べる前にトイレに行く者、一緒に食べるために仲間同士で集まる者、部室で食べるために移動する者。

そんな中、ミコトはいつものように、一人だけ異空間をさまよう者のように、リュックから取り出した弁当袋とマグボトルを持って、フラフラと教室を出て行く。

まるで空気のような存在、という表現がある。良い意味では、意識せずに接することができる存在。悪い意味では、いるかいないかわからない存在。

しかしミコトは、いい意味ではもちろん、悪い意味にも当てはまらなかった。たとえ感じなくても、空気はそこに確実に存在する。が、誰もがその存在を関知せず、自らでさえも自らの存在を証明する気力がないミコトは、もはや、そこには存在しないもの、いわゆる〝無〟であった。

教室を出たミコトは、いつものように喧噪《けんそう》で溢《あふ》れる廊下を進み、階段を折り返しながらひたすら上る。すると、いつものように屋上の入り口のドアに行き当たる。ミコトは、いつものように頑丈な鍵が取り付けられたドアノブを握り、ガチャガチャと勢いよく回してみる。が、やはりいつものように開く気配は微塵もなかった。こうして、屋上に出る扉は長い間ずっと施錠されているため、ここまでわざわざ上がってくる物好きは、教職員はもちろん、生徒にさえいなかった。

小説や漫画やドラマの学園モノでは必ず開放されている学校の屋上。イケメンの不良が授業をサボって昼寝をしていたり、愛の告白に使われたり、あと、ミコトみたいに学校に居場所のない者の避難所になったりもする貴重な場所だ。

そんな貴重な場所がなぜ固く閉ざされているのか。噂で聞いた話によると、十数年前にある生徒がここから空を飛び、あの世へ旅立った。そのため学校やＰＴＡが取り決めたらしい。

ミコトは思う。屋上はまったく悪くない、と。乱暴な言い方をすれば、屋上だけが、苦しみからその子を〝永遠に救ったんだ〟と。親や教師や友人ができなかったその偉業を、いとも簡単に屋上が成し遂げたのに、と。問題の根本的な解決をすることもせずに屋上に鍵を掛けて、「死ぬのならばどうか我々の責任が薄まる校外で死んでくれ」と言わんばかりの処置に、この扉の鍵を見るとミコトはいつも、たまらなく苛立つ。

沸き立つ感情に、ミコトはドアノブを突き飛ばすように手を離し、壁に背中をつけてしゃがみ込む。今や、狭くて埃《ほこり》臭いこの場所が校内で唯一のミコトの居場所だ。誰も足を運ぶことなく、ミコト以外には存在意義のないこの場所。そこにコソコソと棲《す》むミコトという生き物。存在意義のない場所でしか生きられない生き物に、当然、存在意義なんてあるわけがない。なんで生きてるんだろ、わたし――。ミコトがいつも、繰り返してきた自問。

それも今日で終わる。

今日の弁当は、ミコトにとっては特別な献立だ。オムライスと、魚肉ソーセージ入りの野菜炒め。父がいた頃の幸せの象徴と、現在も変わらずに続く苦難と寂しさの象徴の組み合わせ。自分が生きてきた人生、そのすべてを表すこの二つの組み合わせを、ミコトは人生最後の食事に選んだのだ。

母の手料理を最後に食べたのはいつだったかはもう思い出せないが、母のオムライスの記憶は、ミコトの中に鮮明に残っている。幼い頃、誕生日やクリスマスなど、お祝い事の食卓に必ず上がったオムライス。表面の卵にケチャップで大きな花マルが描かれていた、ミコトの大好物のオムライス。

はしゃぐミコトの目の前に笑顔の母。隣にはふざける父。味はもちろんだが、そのオムライスの周りにはいつも笑顔や笑い声が溢れ、幸せが渦巻いていた。それがミコトは大好きだった。今も忘れられない、温かくて幸せだった食卓の記憶。

ミコトは弁当箱の上からケチャップが入った容器をつまみ上げ、かつて母がそうしてくれたように花マルを描く。そして、いつものように手を合わせ、いただきます、と、声に出す。ひとりぼっちの〝最後の昼餐《ちゅうさん》〟。スプーンでオムライスを削り切り、口に運ぶ。うん、美味《おい》しい、と満足げにひとりごちる。

作り置きしてきた冷蔵庫の中のオムライスを見た時、今日がミコトの誕生日だということに、母は気付くのだろうか。ふとそんなことがミコトの頭をよぎったが、もうどうでも良かった。十八年前の今日から始まったミコトの人生が、十八年後の今日に終わる。


中学卒業と同時に、母とミコトは、縁もゆかりもない他県のこの街に引っ越して来た。出来るだけ交通費がかからずに通える高校が良かったのだが、学力などを含め、いろいろな条件からこの高校に通うことになった。

知り合いが誰もいない土地で始まる新生活は、普通ならば大きな不安がつきまとう。が、小学生、中学生と、学校〝でも〟辛い思いをしてきたミコトにとっては、その新生活はとてつもなく嬉《うれ》しく、これ以上ないくらい清々《すがすが》しい気分になるものだった。経済的に苦しいのは変わらないまでも、中学生までの陰鬱《いんうつ》な人生を綺麗《きれい》さっぱり捨て去れる、新しくやり直せる、という、他の何にも代え難い、喜びの炎と希望の光が、燦然《さんぜん》とミコトの心を温め、照らしていた。

そして、ミコトが思い描いた通り、入学して徐々にクラスメイトたちと打ち解け、生まれて初めて、親友、と呼べる仲間もできた。気の置けない仲間たちとファッションや恋について、飽きることなくおしゃべりし合う。そんな、ごくごく普通のことではあるが、ミコトにとっては幸せの絶頂のような学校生活を謳歌していた。

ただ、唯一、自分の家が、経済的に苦しいことは誰にも言えなかったし、絶対に知られたくはなかった。そのことに由来する小学校、中学校時代の数々の辛い体験が、その秘密を隠し通すことを、厳しくミコトに課した。

同級生たちのようにおこづかいのためではなく、まさしく、生きるために、入学してすぐに始めた週五日のアルバイト。決して多くはないそのアルバイト代も、定期券や学校生活の必要経費、スマホ代、そして毎月、家に入れている生活費などで綺麗に消える。

そのせいで、友人からのライブや映画や遊園地など、遊びの誘いはもちろん、放課後のハンバーガーショップへの付き合いでさえ、ミコトは自分の意思に反して、あの手この手の嘘で、必死に断り続けなければならなかった。

高校一年生・1月

ミコトには特に仲の良い、親友と呼べる四人のクラスメイトができた。ある日の昼休み、いつものように五人で机を寄せ合って弁当を食べた後、自他共に認めるおしゃれ番長のリオが、あ、そうだ、とスマホを取り出し、寄せ合った机の真ん中で、画面を見せながら言った。

「これ見て、めっちゃ可愛くない？」

四人の頭がぶつかるほど寄り集まって、リオが持つスマホを覗《のぞ》き込む。そこには、いろんな色の髪の毛をした、擬人化されたトマトのぬいぐるみのキーホルダーが並んでいた。

「何これ、可愛い！」

マユミが声を上げ、サユリがスマホを奪い取る。隣のアツコも、何かのオーディションの審査委員長のような、真剣な眼差《まなざ》しで眺める。

「このピンクの頭のやつ好きー！」

「これ、いくらいくら？　おいくら万円？」

「六百五十円だって。安いじゃん！」

「え、これ、リオは買ったの？」

「ううん、送料かかるから、みんなに訊《き》いてみてから買おうと思って。誰か買う？」

「二千円以上で送料無料だって」

「買う買う」

「私も買うー」

「私も欲しー」

「お！　これで送料無料じゃん！」

「みんなでお揃《そろ》いでリュックに付けよーよ！　色違いでさ」

「いいねー！　友情の証、ってやつ！」

「うわー、なんかダサくていいねー！」

「われらダサダサ団！」

「そう、ダササダサダ…言いにくいし！」

「ミコトも買うっしょ？」

今まで一言も発さずに、いや、発せられずにいたミコトに、リオが訊《たず》ねた。どれだけ「うん！」と笑顔で言いたいことか。四人には知る由もないだろうが、当然のごとく、ミコトには購入するか否かを、悩める余地もなかった。

今まで数え切れないほど味わってきた、決して慣れることのない惨めさと気まずさに、顔が強張《こわば》る。そして、決してそれを悟られないように、いつものように出来る限り明るくおどけて答えた。

「なんかさー、この前、調子に乗って、また、いっぱい服買っちゃったからさぁー」

「あのジャケット？　前に言ってたやつ」

「そう、あれもだけど、他のもさー」

もちろん嘘だ。休日の誘いもすべて断っているミコトは、四人と私服で会うような機会はまずない。

「まじで金欠なのだよぉ」

指でお金マークを作りながら、わざとらしくグスッと泣き顔を作る。

「またかいっ！　ほんと、おぬしはいつも、金ねぇなあ」

マユミがもらい泣きをするような仕草をして、ミコトの肩を抱く。するとサユリが、

「おい、皆の衆よ、悲しむでない。このわしが貸してやろう。感謝するのだぞ」

そう言いながら、ミコトの頭を片手でポンポンと軽く叩《たた》いた。

「ノーノー、ノーノー、ダメダメ。殿！　わたくし、お金の貸し借りをしない主義なのでございまする！」

「何をゆう、気にするでない」

「いや、マジで無理ー」

「なんでー、借りたらいいじゃん。みんなで揃えよーよ！」

「ほんとゴメン！　お金返せなくて、サユリに風俗に売られちゃうのやだしぃぃぃ」

ミコトが胸と下腹部を両手で隠すように押さえ、身体をくねらせてそう言った。こうやってミコトが誘いを断った時、今までも、極々、微妙な空気が流れることはあった。でもこの時は、場の空気がシュッ！　と音を立てて一瞬でしぼんだような、そんな気味の悪い気配をミコトは感じた。

「……なんかさぁ、……なんか、いつも過ぎね？　付き合い悪いこの感じ」

ミコトの背骨に沿って、ヒヤッと冷気が差し込む。

「わかる。何回目だよ、って」

「なんだよね。わたしも思ってたけど」

「確かに」

「ま、いいじゃんいいじゃん、もう。いらないって言ってんだし」

リオがそう言って話を打ち切る。それはどう見ても、ミコトを救うためではなく、切り捨てるような言いようであった。そのあと始まった、誰がどの色のを買うかだとかの、楽しげな会議には、ミコトの席はなかった。

それでも、その場から立ち去ることができずに、居心地が悪そうに引き攣った愛想笑いを顔に貼り付けながら、時たま、黒板の上の時計をチラチラと見るしかなかった。

五限目の休み時間も六限目の休み時間もいつもの通り、窓際のいつもの場所に五人で集まった。だが、止まることなくどんどん増していく疎外感に、ミコトは恐怖にも似た不安を感じたまま、ホームルームも過ぎ、帰宅の時間となった。すると、肩にリュックを掛けたマユミが、立ち止まることなく、すれ違いざまに、

「あ、私達、今日、スカンポに行くから。じゃあね」

と、抑揚をつけず無表情で言った。

スカンポは、隣駅にある安くて美味しいと人気のパンケーキ屋さんだ。ミコトも入学直後に一度、このメンバーで行ったことがある。一番安いセットは三百八十円で財布にも優しいと学生たちにも評判だ。が、たとえそれが百円だったとしてもミコトの財布には厳しい。その時も、ダイエット中だと嘘をついて、四人がパクつくのを眺めながら、溢れ出る唾液を押し戻すように、出されたお冷を啜《すす》っていた。

それからすぐに、週五日のアルバイトが始まり、スカンポには行けなくなった。……否、断る口実ができた。たとえ、今日のようにアルバイトが休みであっても、付き合える金銭的余裕など一切無いのだから。

それでもミコトは、どれだけ無理をしてでも、今日だけは行こうと思った。昼休みにあのキーホルダーの購入を断ってから四人が醸し出した空気。小、中学校でミコトがずっと味わい続けてきたのと同じ、あの嫌な空気を早急に払拭《ふっしょく》したかったからだ。

そして何より、いつもの「行かない?」とか「今日もバイト?」とかの〝質問〟ではなく、「私たち行くから」という、冷たい口調での〝報告〟に危機を感じた。今までは、たとえミコトが断ったとしても、みんな延々とミコトを口説いた末にあきらめて、「じゃあ、駅まで一緒

に行こ」が常だったからだ。そもそもいつ、四人でスカンポに行くと決めたのかを考えると、頭の後ろがチリチリ痛んだ。

確かスカンポで一番安いメニューは、コーヒーの単品で百六十円だ。ミコトのお財布には苦過ぎるコーヒーだが、今日はそんなことは棚に上げよう。……いや、棚に上げるどころか、今は放り投げて、後でゆっくり考えればいい！　とにかく、スカンポに行こう、行かなくては！

ミコトは後先を考えることをやめ、瞬時にそう決断して、行動に移した。

「わたしも久しぶりに行――」

そう口にしながらミコトが笑顔で振り返った時には、四人はすでに教室の後ろのドアに向かい、立ち止まる事なく出て行った。ミコトの声が聞こえなかったはずはない。四人のそのあまりにも冷めた様子に、ミコトは足がすくみ、追いかけることもできずに呆然《ぼうぜん》と立ち尽くすだけだった。

久しぶりのひとりでの下校。電車の中でミコトは、アルバイトを始めてやっと手に入れた中古のスマホを、悲愴《ひそう》感あふれる顔で操作していた。今頃はスカンポで楽しく話しているであろう四人に、グループＬＩＮＥでメッセージを送ろうとしていたのだ。

しかし、教室を出て行った四人のあの雰囲気を思い出すと、小、中学時代がフラッシュバックして、足がすくむのと同じように、スマホをいじる指先がすくむ。何て送ればいいんだろ。どうしたらいいんだろ。何ができるんだろ――。

正解がわからず身動きが取れない中、ミコトはまるで、命の終焉《しゅうえん》を迎えた老人のような深い深い溜息をついて、膝《ひざ》の上のリュックに顔を埋めてしまった。

色々なものが絡みつき、重く湿った気持ちのまま帰宅すると、珍しく母が起きていた。毛玉だらけの、派手なピンクのスウェット姿でキッチン前のローテーブルに座り込み、いつものように冷蔵庫の扉を背もたれにして煙草を吸っている。ミコトは母を見ることなく「ただいま」と声を掛け、台所の窓を開ける。すると母が目だけを動かして、

「開けないでよ、寒いから」

と、不機嫌を隠そうともしない、いつもの口調で言った。

「煙いよ、タバコ。臭いもついちゃうし」

休まることのない自分の心をグッと抑えるように、ミコトは冷静に言葉を返す。

「換気扇つけなよ」

「電気代もったいないし、それにこの換気扇古いから、こっちのほうが換気できるの」

「寒いんだって」

「じゃあ自分の部屋で吸って」

「自分の家の、どこで吸おうと勝手でしょ！」

母のその言葉には返さず、ミコトは黙って背中のリュックを下ろす。弁当袋から取り出した弁当箱とマグボトル、そして、母が使ってシンクに置かれたままの食器やコップを丁寧に洗う。

「ここまで育ててもらって、よくそんな偉そうなこと言えるよね」

母が煙を大きく吐き出し、唇を吊り上げて嫌味っぽくそう言い、短くなった煙草を灰皿に押し潰《つぶ》す。そして自分の部屋に戻り、ふすまをパンッ！　と乱暴に閉めた。

育ててはもらってないよ……生かしてもらっただけで――――。

スポンジを握るミコトの手に力が入る。ブスブスと音がして指の間から泡が噴き出す。ミコトはまだ熱が残る母の灰皿も綺麗に洗い終えると、自分の部屋に戻った。

使い古され弾力性の無くなったベッドに仰向けに寝転がり、今日の学校での出来事をなぞる。やはりみんなと一緒にあのキーホルダーを買う余裕は無い。あれから何度も何度もお金のやりくりのシミュレーションをくり返したが、結果が明るく変わることはなかった。

サユリの提案どおりにお金を借りたとしても、返済する目処《めど》が全く立たない。最終的に母に頼み込んで借りることも頭の隅の隅に浮かんだが、色良い返事を貰《もら》える可能性が皆無なのは、さっきのやり取りで一目瞭然《りょうぜん》だ。

ミコトは、追い詰められたチェスのプレイヤーが長考するように、しばらくの間じっと目を閉じて動かない。と、相手のチェックメイトにリザイン寸前だったミコトの両瞼《まぶた》がパチッと力強く開く。ミコトは、起死回生の禁断の一手を指す覚悟を決めた。

正直に洗いざらい話そう――――。

サユリ、リオ、マユミ、アツコ。あの四人ならきっとわかってくれる。小学校、中学校と鬱々たる学校生活を送ってきたミコトに、生まれて初めてできた〝親友〟。その宝物を失う不安と恐怖からとはいえ、その宝物自体に対して隠し事をし、嘘をつき続けていることがずっと心苦しかった。

あの四人は事実を知ったとしても、必ず、これまでと変わらずに付き合ってくれる。それどころか、ミコトがカミングアウトすることで、本当の、本物の親友になれる――。

スマホを取り出し、グループＬＩＮＥのトーク画面を開いた。明日、学校で、自分の口から直接、とも思ったが、緊張してきちんと順序立てて話せる自信がなかった。それに何より、一刻も早く伝えることが一番大事だという思いが強かった。

幼い頃、父が出て行ってから経済的に苦しんでいること。それが理由で小、中学校でいじめられたこと。同じような目に遭うのが怖くて、そして何よりも、大好きな四人に嫌われるのが怖くて、嘘をついて隠してきたこと。それをどうか許して欲しい、そして、クラスの皆んなにはまだ秘密にしていて欲しい。そして、どうかどうか、どうか、これからも仲良くして欲しい――。

溢れる思いの丈を包み隠さず、一生懸命に文字に置き換える。かなりの長文になったが、何回かに分けて送信した。再び硬いベッドに横たわり、落ち着かない様子で何度も何度もスマホを確認する。しかし、メッセージはなかなか既読にはならなかった。

かといって、ミコトにはどうすることも出来ず、澱んだ気分がジリジリと焦げつく時間が続く。もどかしさに耐えられず脚をバタバタとベッドに打ち付ける。そのたびに、履き古して生地が薄くなり、爪先と踵《かかと》が薄っすらと透けた黒いクルーソックスが上下した。

ミコトの高校では、黒か白のソックスが推奨されているが、ミコトは一年中、黒色を履いていた。好みで選んでいるのではない。汚れやほつれが目立たないからだ。交互に目の前に現れるソックスをぼーっと眺めていたミコトが、ピタッと脚を止める。忘れてた！

こんな時でも、生活は待ってくれないし、離れてくれない。勢いよく起き上がると、急いで部屋着に着替える。そして今脱いだ、替えが一着しかないブラウスと、三足しかない靴下を、急いで他の洗濯物と一緒に洗濯機に入れた。

「夕ご飯いるの？」

洗濯物を干し終わったミコトは、母の部屋のふすまに顔を近づけて声をかけた。ああ、とも、うん、とも聞こえる面倒くさそうな返事をふすま越しに聞き、冷蔵庫を開け料理に取り掛かる。

家賃や光熱費などの振込みは母がしてくれてはいるが、いつからか、食事の用意はミコトがするのが当たり前になっていた。食事だけではない。毎月、母から渡される僅かなお金をやりくりしての、食材や家の備品の購入。それに、洗濯、ゴミ出し、母の部屋以外の掃除など、はっきりいうと、家事全般だ。

これらは別に、母にやれと言われたわけではない。しかしある意味、それよりもタチが悪かった。ミコトがやらずに放っておいても、母は一向にする気配がないのだ。父が出て行ってしばらくした頃からその気《け》はあったが、ミコトが成長するにつれ、どんどんと酷《ひど》くなっていった。

待てどくらせど、何もする様子が全くみえない母に焦《じ》れたミコトが、仕方なく全部するようになり、それが当たり前になった。しかし、ミコトがアルバイトを始めて週五日は夕食を作れなくなると、今日のように、シンクに使用済みのフライパンや食器が投げ込まれていることがたまにあった。

そんな母の料理の痕跡《こんせき》をアルバイト終わりに洗う時は、ミコトは父がいた頃の、幸せに満ちた食卓をよく思い出す。母の手料理を囲んで飛び交う、三人の笑顔と笑い声。酒が入って調子に乗った父が、ミコトが咳《せ》き込むほど笑わせる。それを注意した母もやがて、巻き込まれて笑い出し――――。

パチン！　と音がして、フライパンのピーマンが爆《は》ぜた。頬に当たった熱い小さな油の粒が、痛みとともにミコトを現実に引きずり戻す。幸せな思い出に浸ることを名残惜しがる自らを叱《しっ》咤《た》するように、ミコトはフライパンの具材をぐるぐると乱暴にかき混ぜた。


「……あんた、ほんとこれ好きね」

出勤するために入浴し、濡《ぬ》れ髪をタオルで巻いた母がいつもの場所に座り、大皿のおかずを見ながら呆《あき》れたように言う。テーブルの上には、それぞれのご飯と玉ねぎの味噌《みそ》汁、そして、大皿に盛った野菜炒めが載っていた。

この、魚肉ソーセージ入りの野菜炒めは、二人暮らしになってから、母が頻繁に作るようになった〝経済的な〟おかずだ。この料理の周りには、父がいたあの頃のような幸せは居ない。オムライスとは真逆の、ミコトにとってはいわば、〝寂しさの象徴〟であった。

父がいなくなって母と二人きりでの食卓にも、まだ最初の頃は明るさがあった。だが、日が経つにつれ、だんだんと母の笑顔が少なくなった。やがて、仕事のため母が作り置きした料理をミコトは一人っきりで食べるようになり、そのうち、母は作り置きさえしなくなった。

それでミコトは、小学校低学年ながら、あり合わせでこの野菜炒めを作るようになったが、その頃にはもうすでに、ミコトは寂しさの象徴のこのおかずが大嫌いだった。

「嫌いだよ。でもお金掛からないから」

窮屈そうに身体をひねって、背後の冷蔵庫から発泡酒の缶を取り出す母に、ミコトはそっけなくそう答える。そして正座をして「いただきます」と手を合わせる。野菜炒めを箸《はし》で手繰り、ご飯にバウンドさせて口に運ぶ。母も、箸先に挟んだ魚肉ソーセージを味気なさそうに口に放り込み、発泡酒をグビッとあおる。父がいた頃は酒も煙草もやらなかった母が、いつの間にか両方やるようになった。しかも毎日、浴びるほど。仕事中だけじゃなく家でもだ。

酒代、煙草代を、少しでも苦しい家計に回して欲しいと、いつも思う。なにより、ミコトは母の健康状態を危惧《きぐ》していた。

「仕事でいっぱい飲むんだから、家ではやめておいたら」

母は何も答えず、あてつけるように、再び発泡酒をあおる。

「タバコもそうだけど、身体壊すよ、マジで」

母が押し黙ったまま、缶を乱暴にテーブルに叩き置いた。狭い部屋に乾いた金属音が響く。そして冷蔵庫にだらしなく背中を預けて、頭に巻いたタオルを外して不機嫌そうに手で髪をとかす。

これ以上何かを言うと、ただでさえ険悪な雰囲気が、もう一段階こじれることが充分わかっているミコトは、何も言わずに、黙ってご飯を口に運んだ。

「…うっさいね、あんたは」

母の言葉に、食べる手を止めることなく目だけでチラと窺《うかが》うと、ミコトを睨みつけている母と視線が交錯した。

「金無くてこんなおかずしか作れないから、お酒飲む金あったら、食費に回せって？」

ミコトはドキリとする。面と向かってそう言ったことは無いのに、図星だった。何か、全てのことに対する、全ての自分の思いを見透かされているような気がして不安になる。

「なに？　病院代もったいないから身体壊すなって？　死んだら葬式代もったいないから、健康で長生きして、これからもずっとずっと馬車馬のように働いて稼げよ！　って？」

そう母はまくし立てると、手に持っていたバスタオルをバサッと投げ捨てた。

「誰もそんなこと言ってないじゃん。心配してるんだよ」

「ああ、ありがと！　ありがとね！　心配するのはタダだもんね！」

投げやりな口調でそう言って、卑屈な笑みを浮かべる。

「だから、他人《ひと》が困ってても、みんながみんな協力はしてくれないで、心配するだけなのよね！　いつもいつも！」

心配されたって一銭にもなんないのよっ！　よりいっそう、ヒステリックにまくし立てた最後にそう言い放って、母は立ち上がった。そして、ミコトが作った夕食にはほぼ手を付けないママ、自分の部屋に戻って行った。

「ごちそうさまでした」

母が立ち去った食卓で、ミコトはひとり夕ご飯を食べ終え、いつも通りにきちんと正座のまま手を合わせる。残り物にラップをかけて冷蔵庫にしまい、湧き立つ苦い香りから顔を逸らすようにして、母が飲んだ発泡酒の缶をシンクで洗う。テーブルにふきんがけをし、洗い物も終えると、慌ただしく母の部屋以外の場所に掃除機をかけ、母が入ったお湯が冷めないうちに浴室に急ぐ。

水道代やガス代の節約のため、できるだけそうしているのだが、冬の今の時期はすぐに入らないと、思いの外、お湯が早く冷める。そんなミコトを気にもかけず、好きな時間に入浴する母とタイミングが合わない時は、体温より低い温度の残り湯の中で、震えるはめになるのだ。

急いだにもかかわらず、温水プールほどにぬるくなった風呂を出たミコトは、残り湯を風呂桶《おけ》で洗濯機に移し、洗濯機を回す。そして部屋に戻るなりベッドに飛び乗る。期待と不安と祈りが三つ巴《どもえ》でせめぎ合いをする中、小刻みに震える手でスマホを取った。

調理中も、食事中も、それからもずっとずっと頭から離れることなく気になってはいたが、怖くて、あれから確認することができなかったグループＬＩＮＥ。祈るような気持ちでアプリを開くと、送ったメッセージに〈既読４〉と表示がされていた。ミコトの全身から力が抜ける。

返信は誰からも届いてなかった。しかし、相手のことを考えると、確かにこういうセンシティブなことに対しての返信は、細心の気遣いが必要なのですごく難しい。しかも、仲が良ければ良いほど、余計に。慰めるのにしても、たとえ苦言を呈するにしても、文字ではなく、きちんと面と向かって言葉を掛けてあげたい――。ミコトは親友たちのそんな心遣いに、胸を熱くした。

「……たのよ！　ねぇ、聞いてる？」

ビクッと肩を震わせたミコトが、部屋の入り口に目をやる。そこには、黄色の派手なジャケットと派手なメイクの母が立っていた。その場所から、ＬＩＮＥの文面が見えるはずもないが、慌ててスマホを裏返して置く。

「ちょっ！　開ける前に声掛けて！」

「掛けた」

「なに？」

「だから、なにビール捨ててんの！」

「もう残ってなかったよ」

「まだ入ってたわよ！」

「……じゃあ、ごめん。……てか、これから仕事でしょ？　前にも言ったけど、お酒飲んだら自転車でも飲酒運転で捕まるからね。何より危ないし」

「はぁ？……またお得意の心配ですか？」

嘲《あざけ》るように、ふんっ、と鼻を鳴らす。そして香水の派手な香りをまき散らしながら、母は玄関に向かった。ミコトも後を追いかけ、その背中に向けて、いってらっしゃい、と声を掛ける。

続けて「気を付けて」という言葉が出そうになったが、つい今しがたの母の言葉が脳裏に浮かび、すんでのところで飲み込んだ。

心配することの何が悪いんだ、ミコトはそう思う。幼い頃から数えきれないくらい、こうして母を見送ってきた。

「じゃあ、行ってくるね」という言葉を残し、閉まりゆく扉に母の顔が徐々に隠れて、やがて見えなくなる。鍵が締まるガチャンという音に続いて、鍵穴から鍵が抜けるザリザリという音。

ドラマや映画で聞いた監獄を思わせるような音に、一気に絶望感が高まる。母のパンプスの音が遠のいて小さくなり、やがて聞こえなくなる――。幼い頃のミコトは、母が出勤するこの時が、耐えられないほど辛かった。ここから始まる、永遠にも感じるひとりぼっちの長い夜。

決して慣れることのない不安と寂しさに、毎晩押し潰され〝そう〟ではなく、ペシャンコに押し潰〝され〟ながら、幼いミコトは母の香りが染みついた布団で丸まり、ただひたすら母の無事を祈ってきた。そう、心配は〝祈り〟だった。

ママがじこにあいませんように。
ママが、きょうは、わるいおきゃくさんになかされませんように。
ママが、きょうは、おみせのひとにいじわるされませんように。

母が帰宅しない日が増えるに連れ、ミコトの祈りも増えていった。

ママがかえってきてくれますように。

ママがまた、おとこのひとになかされませんように。

ママがまた、おとこのひとにおかねをとられませんように。

ママがみことのことを、また、すきになりますように。

ママがみことのことを、わすれていませんように。


母が出て行った玄関のドアに鍵を掛ける。あの頃と変わらない、監獄に閉じ込められたような、乾いた金属音が玄関に響く。

「心配して…何が悪いのよ」

ミコトはそう呟《つぶや》き、玄関に背を向けた。


翌朝、ミコトはベッドに横たわったまま、今しがた初めて見た、奇妙な夢を反芻する。ふわふわの白い毛を纏った蝶になった夢。木に止まっていると真っ黒な樹液が迫り来る。逃れようと羽ばたくが、羽が上下に激しく揺れるだけで、飛び上がることができない。もどかしさと恐怖に身悶《みもだ》えしたところで目が覚めた。

気持ちを落ち着かせるために、深い呼吸を何回か繰り返す。すると、まだ目覚め切らない鈍い頭に突き刺さるかのように、突然、ある物が浮かんだ。ふらつく足でヨタヨタと立ち上がり、勉強机の上の小物入れの中から、アパートの鍵をつまみ上げる。そこにぶら下がる小さな白い蝶の人形が揺れ、その下に付いた鈴が、微《かす》かにチリッと鳴った。

さっき夢で見たのは、間違いなくこの蝶だ。自分がいくつの時だったかは覚えてはいないが、まだ父がいる頃に家族三人で訪れた、どこかのお土産屋さん。その一画に、ふわふわの白い綿毛に覆われた、可愛らしい蝶の人形がついたストラップが売られていた。それをミコトが欲しがり、父が、家族全員の分を買ってくれたのだ。

ミコトは鍵にぶら下がるそれを見つめる。ずっと持ち続けてきたので、純白の綿毛のようだった毛も燻《くす》んでへたり、知らぬ間に蝶が蜜を吸う口吻《こうふん》の部分は取れて無くなっていた。

家族三人お揃いのこのストラップ。母が持っているのを見た記憶はない。父は……どうなんだろう。今も父のもとで白い羽を広げているのだろうか。それとも人知れずどこかで、朽ち果ててしまったのだろうか。

当時を懐かしむ気持ちがあるにしても、どうして今更、そして突然、この蝶の夢を見たんだろう。しかも、こんなに目覚めが悪い夢。懸命に頭を巡らすが、いくら考えても答えが出るはずも無かった。ストラップに訊ねるようにミコトが鍵を振ると、チリチリという鈴の音とともに、白い蝶が羽ばたくように揺れた。

登校したミコトは、教室の後ろの扉から入るなり、窓際のいつもの場所に素早く視線を送る。そこにはすでにいつもの四人が集まり談笑していた。かなり気まずくて、四人にどんなことを言われるのかも不安だったが、ミコトは歩み寄り、出来るだけいつものように声を掛けた。

「おはよー、…昨日、ほんとごめんね」

四人はチラリとこちらを見たが、いつもの、おはよー！　の返しも笑顔も無く、すぐにミコトから視線を逸らした。

「…あ…ほんと、嘘ついててごめん。あと、長々とＬＩＮＥしたのも。…なんか、ほんと、恥ずかしいけど、うん、そういうことなの……ほんと、嘘ついてて、ごめんね」

ミコトは一人一人の顔を見回してそう言った。だが、その視線は、誰の視線とも交わることはなく、四人はというと、無表情で押し黙ったままだった。

「なんか……急…に…そんなこと白状されても…だよね」

そう言ってミコトが力なく自嘲《じちょう》の笑みを浮かべる。

「ただ、四人にだけは、言っておきたくて…」

「……」

「……」

「……」

「……」

「………あ……あの…え、と……」

相変わらず沈黙したまま、微動だにしない四人に、焦りの限界を迎えたミコトが、どうしたらいいのかわからずに口ごもった時だった。

「私、お手洗い行っておーこおっ！」

接続不良で止まっていた動画が突然動き出したかのように、いきなりマユミが、唄《うた》うようにそう言った。すると、

「イェース！　ミートゥー」

「わたしもー」

「朝イチから〝四人で〟連れション行っとくかっ」

四人は一瞬たりともミコトに視線を送ることなく、笑い合いながら教室を出て行った。そして、ホームルームの始まりのチャイムギリギリまで、教室には戻って来なかった。

地面からフワフワと両脚が浮いたような感覚のまま、一限目の世界史の授業が終わるチャイムを聴く。いつもは異常に長く感じる授業時間も、今日はあっという間に過ぎた。授業の内容などひとつも覚えていない。今のミコトにとって、世界の過去を振り返る世界史なんかよりも、グループ内における自分の現在と未来の状況の方がはるかに重要だった。

自分の身に何が起こっているのか。どうしたらいいのか。何ができるのか。それとなく四人の気配を窺いながら、一限目の間じゅうそれだけを必死に考えていた。

そして、その熟考が行き着いた先は、〝ドッキリ〟というものであった。みんなで協力して誰かを引っ掛けるイタズラの、あれだ。その様子をカメラで撮影して、ＳＮＳや動画サイトなどに投稿することが老若男女、世界中で行われている。このクラスも例に漏れず、ミコトも何度か仕掛け人として協力したり、引っ掛けられる側になったりした。

内容から、今回のは投稿目的とは考え難いが、勇気を出して辛い告白をしたミコトのために、四人がドッキリを仕掛けて、笑い飛ばそうとしてくれているのではないか、と。ミコトはそう信じながら、自らにそう〝信じ込ませ〟ながら、ホームルーム前に続き、四人がいる窓際に再び足を運んだ。

「なんべんも言うけど、ほんとにごめんね」

さっきと同じように、神妙な面持ちで声をかける。四人の会話が止まり、またあの重苦しい沈黙が空間を埋める。

「みんなに嫌われたら、私……」

ミコトが言葉に詰まる。演技ではなく、本当に涙が込み上げてくる。生まれて初めての親友。四人と、四人との空間は、貧苦の生活を送るミコトの、この世の中での、唯一といっていい心の拠《よ》り所であり、〝避難所〟であった。それを失うことで自分がどうなってしまうのか、そんな底の知れない恐怖は、ミコトには想像できなかった。

四人はチラリともミコトを見ようとはしない。相変わらず、無言で完全無視状態の四人に、もうどうすることもできず、ただひたすら、相手からの反応を待つしかなかった。すると、

「プッ」

もう堪えきれない、といった様子で、サユリが吹き出した。瞬間、心から安堵《あんど》したミコトの膝が折れ、崩れ落ちそうになる。良かった！　やっぱりドッキリだった！　ミコトが表情を緩ませ、大きく息を吐いた時だった。

「なんかキモくない？」

まだミコトを見ることなく、サユリが他の三人に声を掛けた。

「キモいし、なんか臭いよね？」

リオが答える。

「臭い臭い、何の匂いだろ？」

「この辺でしょ、わかる！」

アツコの言葉にマユミが鼻をつまみながら、ミコトの顔を囲むように、空中で指を大きくグルグルと回した。

ミコトの心臓が肋骨《ろっこつ》の下を苦しそうにのたうち回り始める。四方八方にセロハンテープを貼り付けられたように、顔が不自然に引き攣ったまま動かない。小学校、中学校で味わわされ、もう二度と出会いたくなかった、出会うとは思わなかった、この感覚――。

「そう、そのへん」

「いったい何の匂い、これ？」

「お風呂ちゃんと入ってんのかな？」

「入ってるけど洗ってなーい！」

「わ、最悪やっちゅうねん！」

「なんで急に大阪弁？　キモいー！」

「で・も・そ・ん・な・わ・た・し・よ・り・キ・モ・い・や・つ・が・い・る」

いつものようなバカバカしいやり取りが交わされ、マユミがロボットのような口調でおどける。

「アハハハ、確かにキモ過ぎるヤツっているよね」

「そういうヤツって、自分でキモいのに気付いてないとこが、またキモいのよね！」

「もしそんなキモいヤツに話しかけられたら、黙っちゃうよねー」

「そうそう、キモいヤツには目と耳に蓋《ふた》！」

「皆の衆、臭いから、鼻にも蓋を忘れるでないぞ」

「なにそれ？　お殿様？」

「そうじゃ、ずが高ーい！」

四人で笑い合った後、リオが、「はーい！」と手を上げる。

「あたし、これ、なんの匂いかわかりましたー。これは嘘つきの匂いでーす！」

「はいリオさん正解！　五十点獲得！　おめでとう！　あともう一つの答えは、貧乏の匂いでした。〝貧乏くさい〟のです」

わー言っちゃった、という声が掛かり、ギャハハハハと馬鹿笑いが起こった。

じっと俯《うつむ》いていたミコトは、弾《はじ》かれたように自分の席に戻り、机に掛かっているリュックを掴む。ゴリッと奥歯が軋《きし》むほど歯を食いしばるが、波状攻撃をかけた涙が、次から次へと滲《にじ》み出てくる。

リュックがフックから外れず、机がガタンと大きな音を立てて傾く。かまわずに引きちぎるように引き寄せると、より一層の大きな音が立った。机にぶつかってよろめきながら教室の後ろのドアへと駆け出す。

猛烈な勢いで動くミコトを、他の生徒たちもいったい何事かと目で追う。ミコトはただただ、絶対に涙を流すまいとだけ、それだけを考え、必死に歯を食いしばったまま廊下に飛び出した。

それからどうやって校門を出て、どうやって駅まで辿《たど》り着いたのかまったく覚えていなかった。何も考えず、ホームに滑り込んできた電車にフラフラと乗り込むと、いつも使っている快速電車ではなく、各駅停車だった。時間帯なのか車内はガラガラで、ミコトの他には、老人がひとりと、小さな男の子を連れた若い女性だけだった。

長い座席の一番端に座る。さっき改札で我に返った時、衝動的に、自宅とは逆方向のどこか遠くへ行こうとも思ったが、定期券の区間外へ行くのは金銭的に無理だからと、あきらめた。

貧乏というのは、そうやって、ほんの少しいつもと違うことをすることさえ、ほんの少し気を紛らわすことさえ、できないものだ。今までの経験からミコトはそれが身に染みている。決して憤るわけではなく、仕方がないことだと諦めてはいた。ただ、そのことを馬鹿にされたり、非難されたりする度に強く思う。

貧しいということは、いけないことなの――――。

ミコトが小学校の頃から、ずっとずっと思ってきたことだ。嘘をついてごまかしていたことを咎《とが》められるのは仕方がない。でもそうじゃなく、当人にはどうすることもできない、〝貧しい〟ということ自体を他人になじられたり、責められたりしても、まさに、どうすることも出来ないのだ。

貧困は悪なの？　私の貧乏が周りにどんな迷惑を掛けるの？　物理的に困窮する者は、精神的にさえ、みんなと同じような生活を送らせてもらえないの――――？

スマホを握ったまま、うつむいてギュッと目を閉じる。汗ばむほど暖房が効いている車内にもかかわらず、全身が冷たくこわばっていた。

「……どうしようもできないよ…」

呻《うめ》くように呟き、小刻みに震える指でスマホのサイドボタンを押す。待ち受け画面に、顔を寄せ合う五人の笑顔が弾ける。

「……直せることじゃないんだもん…」

悲鳴のような金属音を立て、電車が大きくカーブした。

「どうしようもできないんだよ…貧乏で嫌われちゃったら……」

タタタン、タタタン、とリズミカルな音だけが車内に流れる。

「…貧乏って……自業自得だと…そう思ってる？……違うんだよ……どうしようも……どうしようもできないんだよ……」

スマホ画面に落ちた滴がレンズのようになって、待ち受けの親友たちの顔がいびつに浮き上がる。慌てて涙を拭いたミコトは、止まる気配を見せずに次から次へと瞳《ひとみ》に押し寄せるそれを、制服の袖口《そでぐち》を噛《か》みながら必死に押し戻した。

ふと、人の気配に顔を上げると、電車に退屈したのか、こっちに歩いてきていた小さな男の子と目が合った。男の子はハッと怯《おび》えたような顔をして、揺れる車内を危なっかしい足取りで、お母さんのもとに走り去って行ってしまった。

ミコトはスマホのインカメラで自分の顔を見る。涙をずっと堪《こら》えていたからか、両眼が血で洗ったように充血している。そりゃ怖いよね、と小さく呟き、さっきの男の子をチラリと見る。すると向こうもこっちを窺っていたらしく、男の子が慌てて目を逸らした。

いつもなら気にはならないが、小、中学校でのこと、そしてさっきの教室でのことがフラッシュバックする。そして、そんなことはありえないとわかってはいるが、あの男の子のように、また一人、また一人と自分から視線を外し、いずれ世界中からミコトと目を合わす人間がいなくなるような恐怖にとらわれる。

「…貧乏は…どうにもならないんだよ………ごめんね」

真っ赤な目を伏せながらそう呟くと、ミコトの脳裏に、あの時の母の顔が浮かんだ。


小学二年生の冬。この時はまだ、学校生活〝は〟普通に送ることができていたミコトは、放課後にクラスメイトの女の子に誘われて、学校帰りにその子の家へ遊びに行った。初めて足を踏み入れた友人の立派な一軒家は驚くほど広く、子供部屋は、ミコトが持っていない魅力的な品々に溢れていた。

母と自分が暮らす、狭くて乱雑な部屋とは別世界で、決して大袈裟《おおげさ》ではなく、ミコトにはまるで遊園地のように思えた。興奮は収まることなく続き、時間の感覚を、ミコトから綺麗さっぱり奪い去っていた。

夕方に帰宅した友人のお母さんが子供部屋にいるミコトに驚き、「親御さん心配してない？　そろそろ帰った方がいいわよ」と声を掛けてくれた時には、既に六時を過ぎていた。車で家まで送るという申し出を断り、お礼もそこそこに、ランドセルを引っ摑んで脱兎《だっと》のごとく飛び出した。母と暮らすアパートを、たとえ外観でさえも見られるのが恥ずかしかったからだ。

冬の陽は傾くのが早く、外はすでに真っ暗だった。アパートに向かって駆け出してしばらくすると、まるで断末魔のような自転車の急ブレーキの音が響いた。驚いたミコトの視線の先、寒空の下に止まる自転車。それにまたがる母の激しく上下する肩に連れて、口から勢いよく吐き出される白い息まで、街灯に照らされてはっきりと見えた。

「ミコトっ！」

そう叫んだ母が自転車から飛び降りる。そのまま、怒ったような泣いたような顔でこっちへ走ってくる母の背後で、支えがなくなった自転車がガシャンと倒れて横たわった。母が、目前に迫り来る。叩かれる！　本能でそう感じ、身体をこわばらせ目を閉じたミコトを、母はまるで獲物を捕まえる蜘蛛《くも》のように、がっしりと全身で抱きしめた。

「もうっ！　どこ…、どこに……あんたは……馬鹿っ……」

自分の頭に擦り付けられた母の頬から、震えた声が溢れる。

「……ごめんなさい」

ミコトを探し回っていたせいで冬がたっぷりと染み込み、冷え切った母の手と胸に包まれ、言葉を絞り出す。身体と心が締め付けられ、痛くて苦しかった。

自転車を押す母と並んで帰宅する途中、さっき友達に貰ったばかりのアニメの下敷きを、お下がりのくたびれたランドセルから取り出して、嬉しそうに母に見せた。

家が広くてびっくりしたこと。分けてもらったおやつが初めて見るお菓子だったこと。それが凄く凄く美味しかったこと。可愛い服がいっぱいあったこと。この間のクリスマス、ミコトのプレゼントには小さな犬のぬいぐるみだったサンタさんが、友達には大人気のゲーム機をプレゼントしていてずるいと思ったこと。他にもあんな物、こんなことがあって、楽しくて楽しくて時間を忘れたこと——。

ミコトは次から次へと息急《せ》くように、友人宅がいかに素敵で楽しかったかを、興奮気味に話し続けた。当たり前だが、母に対する嫌味や悪意なんて気持ちは、微塵も無かった。そこにあったのはそれとは真逆の、自分が味わった興奮や刺激を大好きな母に教えてあげたい、大好きな母と共有したい、という、純粋で優しい思いであった。

ミコトが話し終えると、それまでニコニコと聞いていた母が少し泣き出しそうな笑顔で、寂しそうに「そっか」と言い、続けて「ごめんね」と、ハンドルから片手を離し、横を歩くミコトの頭をクシャクシャッと撫《な》でた。

「なにが?」

驚いたようにミコトが訊ねる。

「うん、……ごめん」

その時は、どうして母が謝ったのかが理解できなかった。時間を忘れて謝るのは自分の方なのに、と。帰宅すると、ミコトは母と片時も離れることなく食事をし、宿題をし、お風呂に入り、床に就いた。一緒に帰ってくる途中、母がミコトと一緒に過ごすためにお店に電話をして、急遽《きゅうきょ》、仕事を休んだのだということは、ミコトは知らなかった。

寝付いたと思ったのだろう、夜遅く、一緒に布団に入っていた母が、何度も何度も「ごめんね」と繰り返しながら、ミコトの頭を撫で続けていたことは、今でも昨日のことのように覚えている。そのあと母が声を殺して泣き出したことも。

ミコトは今まで、母の苦渋に満ちた「ごめんね」をたくさんたくさん聞いてきた。よそとは違う貧苦な家庭事情に、かつて、なぜウチだけこうなんだ、と母に腹を立てたこともあった。でも成長するにつれ、それが〝当人の努力だけではどうすることもできない問題〟なんだということが理解できた。

だから、母がたくさん発してきた「ごめんね」という言葉と、その時の逃れられない苦悩が滲み出た顔を思い出すと、ミコトは、どうしてあげることもできない自らの無力感も相まって、今でも泣き出しそうになる。

そして、そんな時はなぜかいつも――――父の姿が脳裏に浮かぶ。父に関する物は母がすべて処分してしまったらしく、一緒にいた五歳までの記憶もすっかり薄まり、顔はまったく思い出せないのだが。それでも、嬉しい時も、悲しい時も、いつもいつも抱きしめて頭を優しく撫でてくれた、あの手の感触と、安心感は、今もミコトの体と心にくっきりと刻まれていた。

電車が鉄橋に差し掛かる。今はとにかく、母には会いたく無かった。現在の荒《すさ》んだ関係性であっても、学校であんな出来事があった今、母の顔を見ると、あの「ごめんね」を思い出して、絶対に泣いてしまうような気がしたからだ。

登校や下校時の電車で、いつも目にしている大きな川が窓から見えた時、あそこに行きたい！　と強く思った。一限目を終えたばかりで学校を飛び出したので、アルバイトまではたっぷり過ぎるほど時間がある。ミコトは次の駅で電車を降りることにした。

改札を出ると川があった方向に見当をつけて、歩き出す。駅前の大通りから奥に入り、住宅街の入り組んだ道をしばらく歩くと、刈り込まれた大きな土手が目の前に現れた。

その土手にファスナーのように張り付いた、長く、真っ直ぐ伸びたコンクリートの階段を上ると、見晴らしのいい土手の上に出た。遮るものが無くなったため、冷たい風が直に吹きつけ、一月の太陽が作る頼りない陽気をあっという間に吹き飛ばす。左から自転車が来るのに気づき、ミコトは身をかわす。

見渡すと、土手の下にも遊歩道があり、その先には野球のグラウンドが並んでいた。誰もいない外野の薄茶色く枯れた芝の上を、ごま粒のように鳥の群れが啄《つい》ばみながら歩いているのが見える。その向こうに背の高い葦《あし》が生い茂った広大な河川敷が続き、その終わりにやっと大きな川が見えた。

左手の上流に目を向けると、大きな橋が掛かっている。一方、右手の下流にも、ミコトがいつも電車で渡る鉄橋があり、その真下あたりの河川敷に、今まで電車からは気付かなかった大きな木が生えていた。

川側の階段を下り、遊歩道を真っ直ぐ越えて、野球グラウンドを横切る。外野エリアの枯れた芝に足を踏み入れると、ハトたちがミコトに気付く。そして、突然の侵入者に慌てたように、首をせわしなく振りながら走り出し、やがて、ミコトに立ち止まる気配がないと見るや、迷惑そうに次々と冬空へ飛び立っていった。

グラウンドの終わりに、土手の上から見て感じたよりも、遥《はる》かに高い葦が生い茂っていて、そこから先への何者の進入も拒んでいた。ミコトはそのそびえ立つ茶色の壁に沿って歩きながら、どこかに壁が途切れて川まで近づけそうな場所がないかを探す。

しばらく歩くと、よほど注意しないと気付かないが、明らかに人の手によって刈り取られ踏みしめられ、地面の土が剝《む》き出しになった、細い隙間を見つけた。その小道は川へと伸びてはいるが、両壁の草が寄りかかり合っているため、行き止まりにも見える。何か得体の知れない生き物が、飛び出してきてもおかしくないようなその隙間へ、ミコトは身体を差し込んだ。

トンネルのようになったその道を進む。もたれ合う草の隙間から陽がキラキラと射し込み、風が吹くたびに、茶色い壁や天井がガザザザザと乾いた音を立てて、トンネル全体が右に左に揺れる。

ミコトは昔テレビで見た、名作アニメ映画を思い出した。あの作品では確か、庭先のトンネルは深い森に繫《つな》がっていて、大木の根元で昼寝をしている、巨大な熊かネズミのような不思議な生き物と出逢《であ》うのだが。

突然、ストン！　と抜け落ちたように視界が開け、空間が広がった。立ち込める土の匂いと、鼻をつく動物の糞尿《ふんにょう》のような匂い。青いビニールシートを屋根や壁に張った手作りのような小屋が建っていて、それを守るように散らばった猫たちが、ぴたっと動きを止め、一斉にミコトを見ていた。

小屋の横には、これも手作りのような木の棚があり、整然と荷物が積み重ねられている。その前には小ぎれいに手入れされた小さな畑があり、ほうれん草なのか小松菜なのか、何かの野菜の葉が畝《うね》に並んで生えている。傍には、空き缶がはち切れそうなほど詰まった沢山の袋と、元の色がわからないほど塗料が剝げ、錆びついた自転車が置いてある。

突然、警護している人物が外出するという無線が入ったSPかのように、猫たちが耳と尻尾《しっぽ》をピンと立て、小屋の入り口らしきところにわらわらと向かう。ガタッと音がし、小屋が小さく揺れて、思ったより頑丈そうな木のドアが開く。小屋から出てきた老人の足に、五匹の猫たちが一斉に甘えた声を出しながら、頭をこすりつけ始めた。

小屋の主であろうその老人は、日焼けなのか、汚れなのか、おそらく両方だろう、黒ずんだ顔で、その下半分は、白髪混じりの髭《ひげ》に覆われていた。薄汚れた紺色のニット帽からも白髪混じりの伸びっぱなしの長髪がだらしなくはみ出ている。あちこちから羽毛の芯《しん》が飛び出した、厚みの無いひしゃげたダウンジャケット越しにも、老人が瘦せこけているのがわかった。

呆然と自分を見つめるミコトに気付いた老人が、ビクッと大きく身を震わせる。老人が手に持っていた薄汚れた鍋《なべ》の中で何かが揺れ、カタンと小さな音を立てる。突然の訪問者が、制服姿の女子高生だということにもう一度驚いたのか、ミコトを捉《とら》えた老人の目が、一呼吸おいてみるみる大きく見開かれていった。

黒ずんだ顔から、異常に浮き上がって見える白目の部分が赤く血走っている。そして、まるで教師に喫煙を見つかった高校生のように、老人は咥えていた煙草を慌てて足下に投げ捨て、錯乱《さくらん》したかのように踏み消した。

そのただならぬ様子に、ミコトはここに来たことをひどく後悔していた。この場所で襲われたら、この背の高い草むらに遮られて誰からも見つけてもらえない。大声で助けを求めようが、その声が広いグラウンドを越えて遊歩道まで届く可能性は限りなくゼロに近い。いや、ゼロだ。たとえ奇跡的に声が届いたとしても、そのタイミングで遊歩道に人が通りかかる可能性を考えると、絶望がリミットに達した。

ミコトの全身が一気に粟立つ。もちろん冬の冷気のせいではない。逃げろ！　という最大レベルの緊急信号が脳から全身に送られ、ミコトは一瞬のためらいもなく、脱兎のごとく葦のトンネルに飛び込んだ――――つもりが、指先ひとつ動いてはいなかった。今一度、駆け出そうとしたが、許容を超えた恐怖に縛られた手足が、まるで他人のそれのように、いうことをきいてくれない。

血走った目を見開いて、じっとミコトを見つめる老人の足下で、猫たちが腹立たしいほどの場違い感で、ゴロゴロと喉《のど》を鳴らしまとわりついていた。

「…た…助けて…くださ…い」

ミコトのカラカラに渇いた喉から、かすれた懇願の言葉が絞り出される。

すると老人は、突然、憑《つ》きものが落ちたかのようにミコトから視線を外し、小屋の横の、整然と物が積み重ねられた棚までヨタヨタと歩いて、うちわと新聞紙を取り出す。そして、固まって動けないミコトをよそに、何事もなかったように老人はしゃがみ込み、平然と地面にある七輪に火をおこす作業を始めた。

「…何の用」

老人が俯きながら、抑揚なく、ぶっきらぼうに発した。

恐怖心が完全に消え去ったわけでは決してない。しかし自分が想像したことが起こる危険が、薄まったことを本能的に感じたミコトが、唾を飲み込んで恐る恐る口を開く。

「か…川を見たくて」

声のかすれが少しおさまった代わりに、今度はひどくうわずった。老人はというと、自分が質問したのにもかかわらず、ミコトの答えに蜘蛛の糸が揺れるほども反応しなかった。猫たちが、ナー、ナー、と何かを催促するように鳴きながら、老人の周りを行ったり来たりしている。

「川です。川まで行きたくて」

ミコトが引き攣った顔で必死に説明する。すると、

「……そこ…」

老人は視線をミコトに移すことなく、七輪をあおいでいたうちわで畑の奥を指し示した。ミ

コトがその方向に目を走らせると、ここへ来たあのトンネルと同じような隙間が見えた。

「えと…通らせていただいてもいいんですか?」

「……勝手に。……私の土地じゃないから」

老人は煙の向こうで七輪をジッと見つめたまま、無愛想に答える。

「あ…じゃあ……失礼します」

ミコトは意を決して歩き出す。ミコトが近づくと、老人の周りにたむろしていた猫たちが、警戒したように一斉に飛び退いた。七輪の前にしゃがみ込んだ老人を通り越す時に、ペコリと頭を下げる。炭が焼ける匂いと、味噌が煮えるような匂い。そして、汗や脂、煙草やほこりや土、その他多くのものが複雑に絡み合ったような、何とも言えない臭気が鼻に届く。

老人に言われた隙間を突っ切ると、思ったよりすぐに川に出た。草が刈り取られた広場のような小さな空間があり、老人がそうしたのか、雨ざらしで粉が浮いたように色がくすみきった、プラスチックのビールケースが逆さまに置いてあった。

川との際まで行ってみると、僅か一メートルくらい下に水面があり、鉛のような冷たい色をした大量の水が、ゆっくりと音も立てずに流れていた。川幅は電車から見て思っていたよりもずっと広く、向こう岸が遥か遠くに見えた。


「同じ川は二度と見れないんだよ」

ミコトが五歳のある日、よく散歩で連れて行ってくれた川の岸に立ちながら、父がそう言った。

「川って毎日おんなじように見えるだろ。でも違うんだぞ。ほら見てみな、止まらずにずーっと流れてるだろ。今ミコトが目の前で見た水は、すぐにもうあっちへ行っちゃってるんだよ」

そう川下を指差した。ミコトの視線が父の指先を追う。

「…海は、向こうに行った波がまたザーッて戻って来るだろ、でも川はね、〝今の水〟がどんどん通り過ぎて、その場所に、次の水、次の水が止まらずに流れて来るんだよ」

父は地面から小枝を拾い上げ、ミコトに手渡した。

「これ、投げてごらん」

ミコトが言われたとおりに腕を振る。が、小枝は、すぐ足下の地面に叩きつけられた。それを拾い、今度は川のギリギリを目指してトコトコと前に歩くと、父は慌ててミコトの吊りスカートの背中のクロスになった肩紐《かたひも》を摑《つか》んだ。

父を命綱に、川岸ギリギリで再び投げた小枝が、不規則に回転しながら川に落ち、瞬く間に、まるで幾つもの小さな山を登り下りするように波間を流れて行く。ミコトと共に、父もしばらくそれを無言で見つめる。

「ほら……あの水と一緒で、あの枝ももうここへは戻ってこないんだよ…………戻ってこれないんだよ…絶対に」

そしてミコトが投げたのより遥かに太くて長い流木を父は手に取り投げ込んだ。プロペラのようにクルクルと綺麗に回りながら放物線を描いて川に飛び込む。水しぶきが上がり、一度沈んだ流木がすぐに水面に姿を見せ流れ去って行く。

「だから……パパは川が大嫌いで……でも大好きなんだ」

小さくなる流木をじっと見つめながら、父はなぜか寂しそうにそう言った。そして、その日から数日後、家を出た父は、二度とミコトと母の元には帰って来なかった。その父との最後の思い出になった場所というのが辛くて、あれからミコトは、川には近寄らなかった。しかし、なぜか、さっき電車からこの川を見た時、無性に川岸に立ちたくなったのだった。

ビールケースが濡れていないのを手で確かめ、そこに腰を掛けて川を眺める。あの時、父が言ったように、川は一時も止まることなく次々とミコトの目の前を流れ去っていく。赤いポリタンクのような容器が、溺《おぼ》れて助けを求めるかのように、苦しそうに浮かんでは沈みを繰り返し、流れていく。

まるで今の自分自身を見ているようで、いたたまれなくなったミコトは勢いよく立ち上がる。そして、手当たり次第に小石を拾っては、正気を失ったようにポリタンクに向けて投げ込んだ。荒い息のまま、すがりつくような思いでスマホを取り出し、ＬＩＮＥのアプリを開く。

〈メンバーがいません〉

という文字が、まず最初にミコトの目に飛び込んできた。そして、

〈さゆが退出しました。〉

〈リオリオが退出しました。〉

〈Ａｔｕが退出しました。〉

〈まーが退出しました。〉

と、いずれも10時53分という時刻の表示で、綺麗に並ぶ四つの文面。時間的には二限目の休み時間が始まってすぐであった。


川は通り過ぎたら二度と戻ってこない。

戻ってこれない、絶対に――。


ミコトは今一度、父の言葉を思い出す。川は目の前から何かを流し去ってくれるが、何かを流し去ってもしまう。そんな川が大好きで、大嫌いだ、という、あの時にはまったく理解できなかった父の気持ちが、今はわかるような気がした。川に目を戻すと、先程のポリタンクはもうどこにも見当たらず、途切れのない流れがどこまでも続いているだけだった。


どれぐらい、川を眺めていただろうか。背後に人の気配を感じ、振り返ると、さっきの老人が竿《さお》とバケツを持って立っていた。

「あっ、すみませんっ!」

ミコトは慌ててビールケースから立ち上がり、サッと涙を拭く。老人は何も言わずに川岸の前まで行きしゃがみ込む。バケツから取り出したものを器用にダンゴにして針に付け、背後を確認して竿を大きく振りかぶり、投げ込んだ。シャーッとリールから糸が出る音がして、岸からかなり遠くでボチャンと水飛沫《しぶき》が立った。そして、落ちていたのか、置いていたのか、そこにあったY字の流木と大きな石で、竿を器用に固定した。

「……好きなだけ……いればいい」

　ミコトが泣いていたことに気付いたのだろうか。川の方を向いてミコトに背を向けたまま老人が静かにそう言って、来た道を引き返す。すると、老人について来ていた一匹の猫も、護衛するかのように小走りで後に続いた。ミコトが振り返ると、すでに老人の姿は草の向こうに消え、すえた匂いの空気だけが漂っていた。

　川に向き直り、再びビールケースに腰を掛ける。老人が仕掛けた竿の先から伸びた糸が川の流れに引っ張られて、竿先がグーッ、グーッと時折、しなる。流れ去って欲しいものほど、流れ去ってくれることなくミコトの心に引っ掛かり、引きちぎられんばかりに、引っ張り続けられるのと重ね合わせながら、ミコトはしばらくの間竿先を眺めていた。

　小屋のある場所まで引き返すと、途中、カシャッ、カシャッという音が届いてきた。道を抜けると、灯油缶の焚《た》き木の横で、老人が沢山の空き缶をひとつひとつ足で踏み潰していた。老人はミコトに気付いたが、その作業を止めることなく、また伏し目がちに一瞥《いちべつ》するだけだった。

「…ありがとうございました」

　老人の前を横切る時に、そう小さく呟き、来た時と同じように頭を下げる。土手に戻る草のトンネルに足を踏み入れる前に、缶を踏み潰す音が止んだので振り返ると、老人がじっとこちらを見ていた。ドキリとしたミコトの両肩が跳ね上がる。加齢と日焼けと垢《あか》が重なり合い染みついた老人から、相変わらず充血した白眼と髭が、浮き上がって見えた。

「あ、あの」

慌てて目を逸らした老人に、恐る恐る歩み寄ると、リュックを肩から外し、冷えと緊張で震える手で、一番底にある弁当袋を取り出す。そこから弁当箱を取り出すために、リュックを地面に置きかけるが、異臭がする湿った土を見て、慌てて右肩に掛け直す。空いた両手で弁当箱を取り出し、蓋を開けた。魚肉ソーセージ入り野菜炒めの香りが漂い、周囲のにおいと混じり合う。

「あの、これ…食べてくれませんか?」

老人は怪訝《けげん》な表情を浮かべたのち、ミコトを伏し目がちに窺う。

「…あの…わたし、今日、学校、早退しちゃって……食欲も無いし…んで、あ、んでって言っちゃった、それで、です。それで、捨てちゃうのも勿体《もったい》無いんで…」

ミコトの手に持たれた弁当箱を見つめて、老人がゴクリと喉を鳴らす。

「あ、全く手は付けてないです……なんか、残り物で…すごい貧相なおかずですけど」

ミコトの顔に苦笑いが浮かぶ。すると、まるで人馴《な》れをしていない野良犬が餌《えさ》をもらうかのように、老人はおどおどと両手を伸ばした。ミコトが慌てて弁当箱を引っ込めると、老人の手も火傷《やけど》したかのように、勢いよく引っ込んだ。

「あっ、あの、弁当箱は、また明日使うので…えと、何か中身を移せる入れ物、ないですか?えと、お皿とか…」

「あ、……ああ」

老人は、棚の前まで行き、ところどころが割れた買い物カゴを引き出す。その中から細かい傷が無数についた陶器の皿を一枚取り出し、表面を手でサッサッと払い差し出した。ミコトは箸でご飯を、そして野菜炒めと卵焼きを丁寧に皿に盛り付ける。

「……ありがたく……いただきます」

「あ、どうぞどうぞ。こちらこそ…助かりました。…あっ、毒が入ってないのは保証しますけど、味は保証しませんから」

恐縮する老人に微笑みながらそう返すと、弁当箱を袋にしまい、リュックに入れる。

「…じゃあ、失礼します。お邪魔しました」

頭を下げ、歩き出したミコトが草のトンネルの入り口で再び振り返ると、両手でお皿を持ったままこっちを見ていた老人が、深々と頭を下げた。ミコトももう一度頭を下げ、トンネルに足を踏み入れた。


アルバイトを終えたミコトが更衣室に飛び込む。作業着のまま、クリーンキャップも被《かぶ》ったままで、薄いロッカーからスマホを取り出し、祈るような気持ちでアプリを開く。

サユリたち四人全員がグループLINEを退出したことに動揺したミコトは、老人がいた川を後にしてアルバイトまでの間に、今の状況を何とか摑めないかと、クラスメイトたちに何気ないLINEを送っていたからだ。

しかし返信どころか、誰一人として、既読にもなっていなかった。クラブ活動やアルバイトなどがあるとしても、既読になるのにこんなに時間がかかることなんて、まず無かった。しかも、みんながみんな示し合わせたように、だ。

力無く更衣室を見回す。今まで、学校生活が充実していたため気にはならなかったが、職場には、相談できる人どころか、ミコトと同世代の従業員さえもおらず、業務上以外の会話もほとんど無かった。こんなところにいることが、今はとてつもなく心細くて気が変になりそうになる。家、学校、職場――。そのどれからも弾き出され、それらが隣り合うわずかな隙間に無理矢理に押し込められるような感覚に陥り、ミコトは苦しそうに喘《あえ》いだ。

その夜。また、ふわふわの白い蝶になったミコトが、昼間行ったあの川岸にいた。喉の渇きに耐えきれなくなり水を飲もうとして、川面に映った自分の顔を見る。真っ白な顔には立派な触角があり、つぶらな目、そして――蝶が蜜を吸うための口吻があるべき場所には何もなく、ただただ純白の毛が覆っているだけだった。

するとまた、四方からどす黒い樹液が迫ってくる。慌てふためいて羽をばたつかせるが、やはり一向に飛び上がれる気配がない。恐怖のあまり悲鳴をあげるが、口吻が無いため何の音も発せられず、あっという間に、その綿毛のような美しい白い体が樹液の中に埋もれていく――――。

カハッ！　と自分の息を吸う音で目を覚ましたミコトは、天井を見つめながら荒々しい呼吸を繰り返す。また、ストラップのあの蝶の夢だ。嫌な夢。羽ばたいても飛び上がれない。蜜も水も飲めず、声も出ないまま、どす黒い樹液に追い詰められて、命を絡めとられた。

頭の中に樹液が詰まったような重く不快な気分のまま、枕元のスマホを手に取りサイドボタンを押す。五人での仲睦《むつ》まじい待ち受け写真とともに、5：24という現在時刻が表示された。昨日、自分の身に起こった事のすべても夢であることを祈りながら、ＬＩＮＥを開ける。しかしもちろん、はっきりわかっていたことではあったが、すべて夢ではなく、すべてが現実であった。

昨日のとおり、親友の四人はトークグループを退出していたし、アルバイトまでにクラスメイトたちそれぞれに送ったどのメッセージにも、未だ、誰一人として、既読が付いていなかった。誰一人として、だ。

体が萎《しぼ》み切るほどの大きな溜息と共にふすまを開けると、いつも通りの、酒と煙草と香水が混ざった空気の残滓《ざんし》がミコトを迎える。台所を横切り、母の部屋のふすまをそうっと僅かに開けると、キッチンに漂うそれを濃くした臭気が隙間から這《は》い出してきた。覗くと、脱ぎ散らかされた服の真ん中にある布団が盛り上がり、母は唸《うな》るようないびきを立てている。ふすまをそっと閉め、自らを叱咤《しった》するように、よし、と呟き、ミコトは弁当の支度に取り掛かった。

決して学校を休むわけにはいかない――――。

小学校も中学校も、どんな目に遭おうとも、ミコトは休む事なく通い続けた。疲れて一度足を止めると、もう二度と走り出せない気がする、というマラソン選手が語るそれと同じようなものだと思う。

昨日は一日中、学校でのことが気になって、アルバイト終わりで帰宅してからもお弁当の支度どころでは無かった。今朝になっても弁当作りをする気持ちの余裕は生まれず、ラップに塩を撒いてご飯を乗せ、海苔《のり》を使わずにおにぎりを握る。保温されたご飯が少なくて、かなり小さいサイズになったが、鰹節《かつおぶし》に醤油《しょうゆ》を垂らしたのと、梅干しの具のを一個ずつ、弁当分と母の分で計四個作った。

アパートの階段を降りて、自転車が絡み合った駐輪場から、自分のを引き出す。すると突然、ベコベコと、轍《わだち》にタイヤを取られたような感触が手に伝わる。しゃがみ込んでタイヤを見ると、長年、交換することなく溝も消えてツルツルに劣化した後輪のタイヤが、パンクしてへしゃげていた。駅までは自転車を飛ばしていつも十五分だ。歩けば一時間はかかるため、朝起きてすぐに雨が降っていないかを確かめるのがミコトの毎朝のルーティンだった。

このままでは遅刻は免れない。母の自転車を借りようかとも思ったが、母にとっても大事な足だ。でなくても、快く貸してくれることなど、少しも想像できない。迷っている時間は無い。ミコトは自転車のカゴから取り出したリュックを背負い、駅へ向かってダッシュした。

走ったり、歩いたりを繰り返し、いつもより四十五分ほど遅れて、ラッシュを過ぎた電車に飛び乗る。車内は空《す》いていたのだが、暖房のせいで体温が下がらず汗が噴き出して止まらない。一番隅の座席に座る。走ったせいで、中身が乱雑に散らかっている膝の上のリュックから、ミニタオルを取り出し汗を拭《ぬぐ》う。続けてマグボトルを引きずり出し、口をつける。ハアハアとまったく収まる気配がない荒い呼吸のせいで、ミコトは激しく咽《む》せた。

整えるために大きく深く呼吸をしながら、ぼうっと目の前の車窓を眺める。徐々に落ち着いてくると、すごく大きくて、感じたことのない種類の憂鬱が、夢の中のあのどす黒い樹液のように、ミコトの上に覆い被さってきた。それは、母や経済的な困窮に対する憂鬱や、毎朝早く起きなくちゃいけない憂鬱、満員電車での憂鬱。今までミコトが感じてきた、それらの憂鬱とはまったく質やレベルが異なる憂鬱だった。

高校に入学してから、ミコトのすべての憂鬱をいつも吹っ飛ばしてくれていた、気の置けない友人たちがいる学校という場。今やその友人たちと学校自体が、ミコトの憂鬱の根源になりつつあるという、あの頃と同じ、逃げ場のない恐ろしい現状。

そう、逃げ場はない。もし昨日の今日で学校を休んでしまうと、間違いなく小、中学校時代のあの惨状が再び幕を開ける――。そんな絶望的な気配を、ミコトはあまりにも強烈に、そして確実に感じ取っていた。

すでに始業時間を過ぎているために、生徒たちの流れがない駅からの道を、学校に向かって歩く。足が重く、一歩一歩に力が入らないのは、決して家から駅まで走った疲労のせいだけではない。

まるで自分の両脚に長いゴムチューブが繋がれていて、気を抜くと一瞬でずるずると家まで引きずり戻されてしまうような、そんな気さえする。怖気《おじけ》づいたように強張る両脚を踏ん張り、ミコトは歯を食いしばりながら前へ前へと必死に地面を掻《か》いた。

すでに閉められていた正門を通り過ぎ、裏門から校内に入る。玄関の靴箱の前に敷かれたすのこを踏んだ時、鹿《しし》おどしのようにカタン！　という大きな音が寒々とした玄関に響き渡り、それこそ鹿のように、驚いて逃げ帰りたくなった。上履きに履き替え、階段を上がり教室へ向かう。ホームルームが終わり、すでに一限目が始まっていた。

教師の声が微かに漏れ聞こえてくるだけの静まり返った廊下に、ミコトの胸の鼓動が響き渡っているような錯覚に囚《とら》われる。そのせいで、他クラスの教室を通り過ぎるたびに、次々と自分に気付き、皆こちらを見ているような気がして、心地が悪かった。

とうとう自分の教室にたどり着くと、後ろのドアの手前で立ち止まる。そして、リュックを背中から下ろし、胸に抱くように持ち直した。ドアの上部のガラス部分からそうっと中を窺うと、何人かの生徒たちの背中と、正面を向いて話している、古文の若い男性教師の伊丹《いたみ》が見えた。ミコトはすぐに身をかがめる。

今までは、誰かが遅刻をしたり、何か失敗をしたりしても、それをイジって、笑い話に昇華〝してくれる〟、クラスだった。昨日の五人での出来事を、クラスメイトたちがどう見て、どう聞いて、どう感じたのかはミコトにはわからない。でも、ただひとつ、皆、ミコトにいい感情を持っていないことは、未だ返事どころか、誰一人も既読にならないＬＩＮＥが証明していた。

もはや幻聴ではなく、はっきりと聞こえ出した、速く、大きく打つ、鼓動。それに呼応するように、全身が小刻みに震え出す。ガラス部分から見切れないように屈んでいた姿勢を、慎重にゆっくりと伸ばしていく。

背後から視線を感じ、振り返る。隣のクラスの何人かがミコトに気付き、チラチラと訝《いぶか》しげに、こちらを窺っているのがドアから見えた。

もう躊躇《ちゅうちょ》している暇はなかった。ミコトは自分の教室のドアに手を掛け、一気にスライドさせる。緊張で力が入り過ぎたのか、バンッ！　と激しくぶつかったドアが、大きな音に反して、衝撃吸収用のラバーによってゆっくりと戻ってきた。

教師と、生徒全員の視線が矢のように、一斉にミコトを貫く。サユリ、リオ、マユミ、アツコが四人ですばやく視線を交わし合い、自分に冷ややかな目を向けたのがわかった。その瞬間にミコトを襲った、あの頃と同じ、あの感覚。あの惨状の幕が再び――――。全身が一瞬で燃え上がるほどカッと熱くなり、顔が痛いほど硬く強張るのがわかった。

「おい、どうした？」

教壇の上から伊丹が戸惑ったように、ミコトに問いかける。

「……あ…あ、すいません、ちこく…です、ち、ちこくし…ちゃ…いました」

自然にしなきゃ、普通にしなきゃ、という焦りが余計にミコトの空回りを促進させる。紙ヤスリのように喉がカラカラに渇き、強張りが全身へと広がっていく。まさに樹液に埋もれた今朝の夢のように息が出来ず、溺れているような喋《しゃべ》り方になった。

いつもなら必ず誰かから入るツッコミや笑い、遅刻を茶化す声はもちろん、クラスメイトたち誰の顔にも、少しの笑顔も存在していなかった。

「遅刻したなら、大人しく入って来い。先生を殺す気か！　ビックリして一瞬心臓止まっただろ！」

何の事情も知らない教壇の伊丹だけが、いつものように生徒を笑わせるようなトーンでそう言ったが、これに対しても、示し合わせたかのように、誰一人、何のリアクションも示さなかった。

伊丹の空笑いが、生徒たちの醒《さ》めた空気の上を華麗に上滑りする。さすがに異質な空気を感じ取ったのか、にやけた笑顔をスッと正し、いわゆる逆ギレをするかのように、ミコトに言い捨てた。

「いいからさっさと座れ」

そして、

「えーと、どこまでいったかな」

と、何事もなかったように、すぐに授業の続きに戻った。

ミコトは教室のちょうど真ん中あたりの自分の席まで足早に歩いて、座る。もう誰もミコトに注目しておらず、無関心が貼り付いた背中が目の前に並んでいるだけだった。が、サユリとアツコを含め、ミコトの背後のクラスメイトたちはみんな、あの冷ややかな目で自分の背中をじっと見つめているような気がして、ぞわっと全身総毛立った。

それでもミコトは、ここにきてもまだ、お調子者のマユミあたりが「ドッキリでしたー！」と、今にも立ち上がり、こっそりとスマホを構えていたクラスメイトたちが一斉に大笑いするんじゃないか、という一縷《いちる》の望みを抱いていた。その細い細い一縷にミコトはしがみつき、心から願い、祈った。

「……したっ！　聞いてるのか！　おい、竹下っ！」

ハッとして目の焦点を合わせると、教壇にいたはずの伊丹が、ミコトの方に向かってこようとしていた。

「あのな、遅刻するのはしょうがないけど、したならしたで、すぐに教科書ぐらい出せ！　ずっとそうやってボーッとしてるんだったら出て行ってくれ、授業の邪魔だ」

す、すみません、とミコトは慌てて机の中から古文の教科書を、そして机の上に置いたままだったリュックから筆記用具を取り出した。机の横のフックにリュックを掛け、急いで教科書を開く。どこかわからず、焦りながらページをめくったり、戻ったりしていると、

「四十六ページ！」

伊丹から再び、怒気の含有量が増した声がミコトに投げ付けられた。と、同時に、どこかから、バカにしたような溜息が聞こえたような気がした。そして、間髪入れずに教室の後部から聞こえた「チッ」という舌打ちが、気のせいだと思いたかったミコトの望みを、瞬時に打ち消す。クラス全体から感じ取れる混じり気のない純度一〇〇パーセントの悪意。

ドッキリかもしれない、ドッキリであってほしい、という僅かな僅かな、無いも同然だったミコトの希望や願望が、音も立てずに雲散霧消する。それが合図のように、勢いよく震え出した手が教科書に擦れて、カサカサという耳障りな音を立てる。

——今は何も考えない、何も考えない、……ああ…終わり…もう終わり……いや、ダメ！　考えちゃダメ！　何も考えない、授業に集中する、集中、集中。そう、集中。集中して今は忘

れる。黒板、そうだ、黒板。落ち着いて。……あぁ、どうしよう…最悪だ……どうしたらいい……ダメ！　考えちゃダメ！　そう、黒板をノートに写すの！　うん、そうだ、集中。丁寧に、綺麗な文字で。そう、落ち着いて、落ち着いて、集中、集中。何も考えない、何も考えない、何も考えない――――。

少しでも気を抜くと襲いかかってくる絶望や恐怖と必死に戦いながら、震えが止まらない手でペンケースのファスナーを開ける。机の上にノートがないことに気付き、身体を少し傾け、フックにぶら下がっているリュックを開ける。右手で古文のノートを抜き出し、急いで体勢を元に戻す。

その時、机の上の左手が無意識に振り抜かれた。その手の軌道上にあったシャープペンシルとペンケースが、勢いよく机の上で横滑りして吹っ飛ぶのが、ミコトの目にスローモーションで見えた。

空中のペンケースから飛び出した中身が、左横から斜め前方へとばら撒かれ、静寂の中激しい音を立てて落下する。ミコトの斜め左前の席の守谷《もりや》香織《かおり》が、猛禽《もうきん》の爪に摑まれ絶命したリスのような、鋭く甲高い声を上げた。

「何だ！　どうした！」

驚いた伊丹が反応する。

「すいませんっ！　あの、当た……て、手が、当たってしまって、すいません！」

ミコトはそう言って、散らばった物を拾おうと、慌てて椅子を引いて立ち上がる。引いた椅子の背もたれが真後ろの生徒の机に勢いよくぶつかり、ガンッ！　という大きな音を立てた。

するると、

「んだよ！」

そのミコトの真後ろの座席の、中山《なかやま》という男子生徒が大きな声を上げ、座ったままミコトの椅子を脚で強く蹴《け》った。蹴られた椅子が、立ち上がった膝裏あたりにしこたまぶつかり、その衝撃と痛みでよろめいて、ミコトはもとの椅子に崩れ落ちる。

「なんだ！　どうした、中山！」

「ちげーよ！　こいつが椅子ぶつけてきたんだよ」

「ワザとじゃないだろ。騒ぐな」

「だって、あぶねーじゃん！　手挟んだらどうすんだよ」

「いいから騒ぐな、な？　竹下も気をつけろ。ほら、早く、拾え」

伊丹が面倒くさそうに、そう促す。

「……気をつけろ、クソが」

中山がミコトにしか届かないような音量で低く囁き、再び椅子を足で小突いた。中山はミコトが入学して最初に仲良くなった男子生徒だった。入学当初もたまたま今と同じく席が前後だったというのもある。だが、それよりも何よりも、休み時間に他クラスから訪ねてきた、中山と同じ中学校出身の親友が、奇跡的にミコトとも知り合いだったことが一番の要因だった。

忌憚《きたん》なく話せる中山から初めて浴びせられた、強烈な、剝き出しの嫌悪感。ミコトは激しい動揺と、強大な恐怖に取り憑かれ、錯乱していた。怯えながら、そろりそろりと異常すぎるほど慎重に椅子を引き、震える膝で立ち上がる。そして、後ろを振り返り震える声で「ごめんね」と頭を下げた。

しかし中山は、一切目線を合わさずに、舌打ちを返す。ミコトはもう一度「ほんとごめんなさい」と深々と頭を下げる。そしてそのまま床に膝をつき、誰も拾おうとはせず、そこかしこに飛び散ったままのペンケースとその中身を拾い集め始めた。

「よし、授業に戻るぞ。集中しろよ、集中」

と、伊丹が仕切り直すやいなや、それを台無しにするように、床に這いつくばるミコトの後方から中山の声がした。

「おい、守谷、腰…何か…血みたいなのが付いてるぞ」

「え、なになに？　どゆこと？　どこ？」

唐突で突拍子もない指摘をされたカオリが、自分の腰を見ようと、首と身体を右へ左へ、まるで得意なダンスをするように慌ただしくねじりながら訊く。

「おいっ！　ほんと、いい加減にしろよ？　いったいなんなんだ？　授業やめるか？」

我慢の限界を遥かに通り越した様子の伊丹が、教壇を下りて通路を歩いてきた。それを気に留めることもなく、ほら、そこ、と中山がカオリの腰の辺りを指さすと、どこ？　どこ？　とカオリが不安そうにブラウスを引っ張る。手前まで来た伊丹が、二人を交互に見やって声を発しようとした時、

「えっ、嘘っ！　やだー！　何これ！」

カオリが泣き出しそうな声で叫んで立ち上がった。離れた席の生徒たちもよく見ようと、なに？　どうしたの？　と口にしながら次々と立ち上がる。カオリのすぐそばの床に膝立ちになったミコトの目に、それは鮮やかに飛び込んできた。カオリの制服のブラウスの右の腰から脇腹あたり、まるで針を突き立てられ出血したかのように、一円玉くらいの大きさの、真っ赤なシミができていた。

「ちょっと、マジで？　何これ！　誰よ、これ！」

怒りを隠そうともせずカオリが叫ぶ。そして自分の椅子の上の何かに気付き、その何かをつまみ上げた。指先には、キャップがついていない、赤いマジックペンがあった。

「あ……」

ミコトの口から思わず声が漏れる。そして、煙が立ち昇るようにゆらゆらと床から立ち上がった。状況を理解したクラスメイトたちの、鋭く、冷たい視線が、ミコトを四方八方から串刺《くしざ》しにする。

「……あ…あの…ごめんね…。さっきので……そこに…ごめんね、ほんとごめん……キャップ……外れちゃったんだ…ね…。ご、ごめん……ごめんね、カオリ、ごめんなさい」

声帯が引き攣ったように上手く振動してくれず、かすれている上に、蚊の鳴くような音量の声しか出なかった。

「はぁ？　なんて？　どうすんのよ、これ！」

「…ど…どうしよう」

「は？　どうしようじゃないって！　落ちないでしょ、これ！　マジでどうすんのよ！」

カオリがミコトの机に乱暴にペンを叩き置く。さっきの中山と同じく、出逢って今まで、ミコトが見たことのない表情と、聞いたことのない剣幕のカオリがそこにいた。

「守谷、授業中だ、後で話せ、な？」

いきり立つカオリに伊丹が口を挟む。

「こんなことされたのに？」

「いいから、今は授業中だから、な？　他の生徒にも迷惑だろ、な？　休み時間に落ち着いて話せ。さ、ほら、座って。竹下もさっさと座れ」

一切関わりたくない気持ちをだだ漏れにした伊丹が、雑にまとめて教壇に戻っていった。ミコトも顔色を無くしたまま席につく。カオリはまだまだ怒りが収まらない、といった様子でミコトを睨みつけ、尻《しり》を椅子に叩きつけるようにして座った。


カオリは、ミコトのアルバイト先がある駅に住んでいた。駅からアルバイト先までの道中に複合施設があり、そこに隣接しているコンサートホールの大きなガラス窓の前でヒップホップダンスの練習をしているグループがいた。その中に、同じクラスのカオリがいるのを、ある日見つけた。

まだあまり話したことは無かったが、翌日、勇気を出して教室でそのことを告げると、カオリは週何日かあそこで練習してるんだ、と言った。「凄いキレキレでカッコ良かったから、声掛けられなかったよ」と、お世辞ではなく本心で言ったミコトに、「やっぱり？」と、悪戯《いたずら》っぽく返したカオリの顔に、照れ笑いと共にエクボが浮かんだ。

それから、次に見かけた時にミコトが声をかけて以来、アルバイトへ行く途中、ホールの前でちょこちょこ話をするようになり、距離が縮まった。ＬＩＮＥも交換し、頻繁にやり取りをしていた。そして昨日も、ホールの前で学校でのあの出来事について、相談できたら、と思い、ミコトは川からの帰り道、カオリにＬＩＮＥを送っていた。

〈今日、ホールにいる？〉

そのメッセージは、数時間後、ミコトがホールの前に着いた時にもまだ既読にはならず、練習が休みなのかカオリのグループの姿もなかった。ミコトはすぐに追加のＬＩＮＥを送っていた。

〈今日、ホールにおらんねー、休み？〉

〈ちょっと話したかったのさ〉

〈今日変なかんじに早退しちゃったからさぁ www〉

〈わたし出てったあとの空気、ヤバくなかった？ w〉

それらも含めすべてが、他のクラスメイトたちと同様、既読になることはなかった。

針のむしろに全身をぐるぐる巻きにされたような時間が過ぎ、授業の終わりのチャイムが鳴った。何の〝のりしろ〟を残すこともなく、伊丹がいそいそと教室を出て行った。

「で、どうすんの？　これ」

早速、カオリが振り返り、ミコトに向かって問い詰めるように言葉をぶつける。

「ごめ……ほんとごめんね。あれ、あの、すい……水性だから…落ちるかも」

「どうやってよ？」

ミコトを見下ろすように立ち上がる。

「…えと、…どうしよ、あ……それ、今、脱いでもらって……トイレで落としてみる……」

「え？　その間、服どうすんの？」

「……あ、…えと…あ、体操服とか、一瞬、無理…かな……？」

「持ってきてないし！」

気付けば、クラスメイトたちも二人の周りに集まって来ていた。誰もがカオリを心配しているような様子を取り繕ってはいるが、誰もがこのトラブルを面白がっているのが、明らかであった。

「うわっ、これ、絶対落ちないやつじゃん！」

「うん、最悪だわ」

「マジでこんなひどい事する？」

「怖い怖い。凄い陰湿じゃん」

「カオリかわいそー。弁償してもらったら？」

「そうだよ、弁償してもらいなよ」

「完全には落ちないからな、まぁ、弁償してもらうしかないよな」

生徒たちが口々に好き放題言う中、ミコトの背後の窓際から声がした。

「無理だよー、そんなに言ったらかわいそうじゃん！」

リオの声だ。ミコトが身体をひねって振り返ると、サユリとマユミとアツコも一緒だった。いつものその場所に、いつもの四人が、言葉とは真逆の歪んだ笑顔でいた。

「そうだよ、そんなお金あるわけないじゃん！　みんな知ってるくせに」

続けざまにリオがその笑みをさらに歪ませて言った。〝みんな知ってる〟という文言がミコトの脳に突き刺さる。鋭い耳鳴りと共に、頭の中に立ち込めていたドス黒い霞《かすみ》が、爆発的な勢いで色濃く膨らんでいく。

「そうだよ、だって、ガチの泥棒なんだよ。嘘つきは泥棒の始まり、ってマジなんだね」

アツコが冷たく言う。

「ミコト様、本日のお弁当のメインはフナでよろしいでしょうか？」

「じゃあ、付け合わせには、シェフおまかせの〝木の実〟をご用意します」

馬鹿にしたようにわざとらしく慇懃な態度でミコトに訊ねたサユリに、マユミが嘲るように付け足すと、クラスメイトからクスクスという笑い声が立った。

ガチの泥棒？　フナ？　木の実？　次々と放たれた意味不明の言葉に、ミコトは訳がわからないまま、クラスメイトたちの卑屈な笑い顔をおどおどと見上げるしかなかった。精神の限界を超え、サーモスタットが作動したようにミコトの意識が遠くなりかけたその時、教室の前方の入り口から大声が響く。ミコトの耳に馴染みのある、力強い声だった。

「オマエらいい加減にしろよ！」

ミコトの視線がすがりついたそこには、違うクラスの山内慎司《やまうちしんじ》が立っていた。

このシンジとミコトは、驚くことに、ここから遠く離れた他県の同じ小学校に通った同級生だった。小学校卒業のタイミングでシンジが引っ越して離れ離れになり、その後、中学校卒業と共に、ミコトが縁もゆかりも無いこの県に引っ越してきた。そして九ヶ月前に入学したこの高校で、偶然どころか、奇跡ともいえる再会を果たしていたのだった。

入学式の翌々日の休み時間。入学したばかりで、まだ手探り状態のこの時期は、知り合いのいない自分のクラスが居心地悪くて、顔なじみに会いに、違うクラスを訪問する生徒たちが多かった。校内どころか、この地に誰一人知り合いがいないミコトは、自分の席に座ったまま、緊張を解くことなく心細い学校生活を送っていた。

その日シンジが、同じ中学校出身の親友がいるこのクラスに遊びに来た。その親友というのが紛れもなく、今もミコトの後ろの席の、中山であった。

教室の前の扉から入ってきた男子生徒と目が合う。ミコトは外した視線を、またすぐに勢いよく戻す。相手もまったく同じことをしたのがわかった。再び視線が交わる。

「‼」

「‼」

「……えっ…………ちょっ、……おまえ…………たけ、竹下？　竹下じゃんね？」

「いや、……あっ、………や…山内…くん？」

腰が抜けるほどの衝撃。そして、もう二度と会えないと思っていたシンジと、再会できた喜びと、自分を覚えてくれていた嬉しさに心が高鳴った。それと共に、すべてがリセットできると思ったこの地に、誰にも知られたくないミコトの小学校時代を知る人物が出現した不安も頭をよぎり、感情の糸がごったごたに絡まる。

「えーーー！　マジかーーー！」

シンジがそう叫びながら席に近付いてくる。そのあまりのテンションに、まだ溶け込んでいないクラスメイトたちが、チラチラと遠慮がちにこちらを窺っている。

「ちょ、ちょ、ちょ、何？　何？　どうしたよ？」

何事かと聞き耳を立てる皆を代表し、まるで共同取材のインタビュアーのように中山が二人を交互に見やって質問した。

「ちげーよ、コイツ、ずっと一緒の小学校だったんだよ！　俺、引っ越ししてこっち来ただろ、偶然っつうか、こんなもん、奇跡だよ、マジで！」

中山が目を丸くして、えー、凄いじゃんそれ！　と驚く。

「…おまえ、いつこっち来たの？」

シンジがまじまじとミコトを見ながら訊ねた。ミコトが見上げた先のシンジは、当然だが小学校の頃よりも遥かに大きく、声も顔も大人っぽくなっていた。

「ちゅ……中学校卒業してから」

「マジでか！　なんで？」

「なんでって…親の…」

「あ！　まさか、俺を追っかけてきたんだろ？　おまえ、ストーカーだな！」

シンジがおどけたように指さす。その時、雷に打たれたように昔の記憶が甦《よみがえ》ったミコトが、少し探るように、しかし、思い切り眉間《みけん》に皺《しわ》を寄せて凄んだ。

「…なんだと…コラ？」

ミコトの急変に目を見開いて驚く中山を尻目に、シンジは声を上げて笑った。

「……うわっ、あったあった！　あったなー、懐かしー！　オマエ、良く覚えてたな！」

シンジが嬉しそうにはしゃぐのも無理はなかった。これは、絡んでくるシンジに、「なんだと、コラ？」とやくざ映画よろしくミコトが本気で凄み、シンジが許しを乞う、という、小学校六年生のある日の出来事をきっかけに、二人の間で始まったお遊びだ。

当時、これをシンジがえらく気に入り、ミコトが長年、同級生たちから仲間はずれにされているにもかかわらず、強引にクラスメイトの前で幾度となく披露させられた。案の定、みんなの反応が好ましくなく、自然消滅したのだが、同級生でただ一人、ミコトにずっと普通の態度を取り続けてくれた大事な人とのお遊びを、忘れるわけがなかった。

「え？　なんだそれ？　どうゆーことよ？」

再びわけがわからない、といった様子の中山は、テニスのラリーを眺めているかのように、シンジとミコトに交互に首を振りながら訊ねる。ミンジの説明を聞いた中山は、「確かにそんなくだらないのよく覚えてたな」と呆れ、「だからっていきなりするなよ、知らないからマジびびったわ。この女、頭おかしー、って」と笑った。

ミコトも二人と一緒に笑い合い、シンジとの奇跡の再会に胸が躍る一方で、その躍る胸の中に立ち込める暗雲も、不気味に大きくなっていた。シンジを介して、いつかひょんなことからミコトの家庭事情がみんなにバレることを危惧したのだ。だが、そんな心配はまったくの杞憂《きゆう》に終わる。シンジがそれ以降、小学校時代の余計な話をすることはなかったし、ミコトが知られたくないこともまた、誰にも知られることはなかった。

ただ、あれから顔を合わすたびに、小学校では封印した、「なんだと、コラ？」のお遊びをシンジは〝振ってくる〟ようになった。その結果、小学校時代は闇に葬られたあれが、ここではほどなくして誰もが知ることとなり、それによって困った弊害も出てきた。

バスケ部で、顔もいわゆるイケメンのシンジとの、その仲良さげなやり取りを見た同級生はもちろん、上級生の女子生徒にまでもミコトは呼び出され、「山内くんと付き合ってるの？」と心配と敵意の混ざった眼差しで訊ねられる事案がたびたび起こったのだ。

誰にも言ったことはなかったが――――シンジはミコトのファーストキスの相手であり、人生で一度きりのキスの相手だった。

六年生、小学校最後の夏休み。夏休み中は、教室で育てているザリガニとメダカの世話を、クラス全員が順番ですることになっていた。その日、当番だったミコトは、セミの盛大な大合唱を浴びながら、朝、学校に向かった。

職員室で教室の鍵を取り、教室でメダカの水槽に餌をパラパラと撒く。ザリガニの水槽の生臭い水を取り換えて、こちらにも餌を入れる。その時、空腹が我慢できずに、袋に入ったザリガニの餌用の煮干しを、一匹だけ失敬して噛《しが》む。旨《うま》みが口いっぱいにひろがったが、後ろめたさからなのか、そのあとに苦味が追っかけてきた。

黒板の横に掛かっている飼育当番ノートに記入し、鍵を職員室のフックに戻す。学校から出る途中、校門が見えたあたりでセミの声に混ざって、キュキュッという甲高い音とダムダムというリズミカルな音、そして何人かが呼び合う声が響いてきた。

引き寄せられるように、体育館の方へ歩いて行く。開け放たれた大きな鉄の二枚扉の間を、ユニホームを着た見知らぬ少年たちがバスケットボールを追いかけて、右へ左へと全速力で横切っては消える。

その中のひとりに、ミコトは同じクラスの山内慎司を見つける。差し込んだ夏の光で、髪の毛とその端整な顔に張りついた汗の粒が、まるでダイヤモンドのようにキラキラと輝いて見えた。その一瞬の映像が、映画のワンシーンを切り取ったポスターのように、ミコトのまぶたの裏に焼き付いた。

いつものおどけた姿と違って、初めて見る、シンジのその真剣な眼差しに見とれていたミコトが我に返ると、今にも体育館に足を踏み入れようかというところまで近づいていたことに気付く。中にいたコーチらしきおじさんが、そんなミコトに何か話しかけようとするかのように、こちらに歩いて来るのが目に入った。ミコトは慌てて踵を返すと、校門に向かって走り去った。

夏休みだからといって、母がどこかへ連れて行ってくれる予定も、遊んでくれる友達もいなかったミコトは、次の日も同じ時間に学校へと向かった。

昨日と同じように、空は抜けるように青く、セミたちは各々、騒々しく愛の言葉を叫んでいる。当番ではない今日は、校門に入ると校舎へは向かわず、真っ直ぐ体育館へと足を運んだ。

だが、昨日のような音も声も聞こえて来ず、セミたちの声が校舎に反響しているだけだった。体育館に着くと、昨日は開け放たれていた側面の鉄の二枚扉が、ピッタリと閉じられている。ミコトは体育館の正面に回ってみたが、そこのガラス扉もカギが掛かっていて、人の気配が全く無かった。

ミコトは落胆し、途方に暮れる。が、このまま家に帰ろうとは思わなかった。朝方、三日ぶりに、しかも泥酔して帰宅した母が、ミコトが家を出る時にもまだ、ぐっすりと眠っていた。あの様子だと確実に午前中は目を覚ましてくれることは無い。

それにあの酔いかただと、これまでの経験上、起きても機嫌が悪い可能性が大だ。現に今日の朝方も、帰宅した母を出迎えたのだが、酔いで絡まる舌から次々と飛んでくる暴言を、寝ぼけまなこで受け止めたところだ。

体育館の横にある冷水機のペダルを踏み、ゴクゴクと空腹に水を詰め込んだミコトは、その足で学校のグラウンドを目指すことにした。渡り廊下に敷かれたすのこをジャンプして飛び越え、途中、ミコトを見下ろすように並び立つ向日葵《ひまわり》の花壇を抜け、校庭に出た。

埃っぽく乾いた校庭にも少年野球やサッカーチームの姿は無く、人っ子一人いなかった。グラウンドを取り囲んでいる裏山の緑が、なんとも言えない心地の良い青い香りを放ち、まだ気温が上がりきらない爽《さわ》やかな朝の世界を包んでいる。

仲間はずれにされ友達がいないミコトは、久しくここで遊んでいない。誰もいない今はミコトの天下だ。夏の朝をお腹いっぱいに吸い込み、備え付けの遊具がある校庭の端を目がけて一気に全速力で駆け出す。

跳ねるように遊具の前まで駆けてくると、止まらずにそのままの勢いで、泥が染み込んだ網を駆け登り、鎖で吊るされグラグラと不安定に揺れる丸太の一本橋に飛び乗った。摑んだ鉄の手すりがひんやりと冷たい。慎重に丸太を渡り切り、その先にある子供が三人も乗ればいっぱいになる踊り場のような小さなスペースで、ようやく足を止める。

ハアハアと荒い呼吸をつきながら、気持ちよさそうに夏空を仰ぎ見た。遅れてきたように、じわっと汗が噴く。ついさっきまで漂っていた涼しい朝の爽やかな空気を、早くも暑い夏の空気がじわじわと押し出し始めているのがわかった。

ふと自分が来た方角に視線をやると、照りつけ始めた太陽の光で、向日葵のように黄色く輝く校庭の上を、こちらへ誰かが駆けてくるのが目に入る。それが誰なのか、一瞬でわかった。

ミコトは慌てて寄り掛かっていた鉄柵《てっさく》からお尻を離して、真っ直ぐに立つ。

「なにしてんのー？」

駆けるシンジの声が、校舎に反響してミコトのもとへ届く。緊張で喉が閉じて、何も言葉を返せずに立ちすくむ。

あっという間に遊具に着いたシンジが、流れるようにくるりと器用に逆上がりしてうんていの上に立ち、その先の丸太の一本橋に飛び乗った。丸太を吊っている鎖たちがピンと突っ張って、ガシャッと大きな音を響かせ、揺れる。

「飼育当番？」

昨日見た、あのユニホーム姿にバックパックを背負ったシンジがそう言って、揺れる丸太の上で立ち止まる。ミコトはシンジの目を見ることができなかった。

「…………ううん」

消え入るような声で首を横に振る。

「え？　じゃあなにしてんの」

手すりではなく、そこから伸びる鎖を摑んでいるシンジが、グラグラと丸太を揺らす。

「俺はこれからバスケの練習」

シンジだけはミコトの貧しさをからかうことも、仲間はずれにすることもなく（かといって、そうする同級生たちを止めることもしなかったが）、いつもこうして普通に接してくれる。その貴重で幸せな時間を大事に思うからこそ、シンジの前ではいつも緊張し、いつも上手く話せなかった。

「誰か待ってんのか?」

　そう言って、シンジは鎖を摑む手を手すりに移し、体操の平行棒の選手のようにググッと丸太から両脚を浮かせた。

「………ううん……えと……お散歩」

「は?　お散歩ーっ?…おばあちゃんみたいじゃん!」

　シンジが笑いながらトンッとミコトのいる狭いスペースに乗ってきた。思わず後退《あとずさ》りしたミコトの背中が遊具の壁に当たって止まる。体が触れ合いそうな距離にドギマギする。こんなに近くで向かい合うと、シンジの背がいつもよりずっと高く感じる。勇気を出して、おずおずとシンジを見上げる。そこに満面の笑みを見た時、ミコトはさっき通った花壇の、咲き誇る向日葵を思い出した。

「おばあちゃん、こんにちは」

　どぎまぎするミコトをよそに、シンジはおどける。ミコトが少し笑ったことでエンジンがかかったのか、シンジは次々と言葉を投げかけてきた。

「ねぇ、おばあちゃん、好きな食べ物なんですかー?」

「…おばあちゃんじゃない」

「やっぱり、あんことかですか?」

「違います」

「え？　じゃあ、うんこですか？」

「……」

「あ、ちんこだな！」

シンジがへへっ、と笑う。

ミコトは、男子たちがいつも、こういう下品な言葉を口にしてはしゃいでいるのが、大嫌いだった。耳に、目にするたび、いったい何が面白いんだろう、きっと、男の子の脳みそは、女の子より何かの成分が薄いんだろうな、と、真剣に思う。

そして何より、シンジがそういう言葉を口にしたということが、他の男子がそうするよりも、何倍も何倍も嫌で嫌で、何倍も何倍も恥ずかしく感じた。ミコトはショックと恥ずかしさで真っ赤になった顔を隠すようにして、反対側の網から降りようと、無言でシンジにクルリと背を向ける。

「うそうそ！　ごめんっ！　竹下、ごめんごめん！」

それを察して慌てたシンジが、背を向けたミコトの手を乱暴に掴む。

「痛いっ！」

思わず声が出る。シンジは火にかけた薬缶《やかん》に触れたように手を離し、ミコトの背丈まで勢いよく屈んで、拝むように手を合わす。

「ごめんごめん！　大丈夫？　まじでごめん！…ケガしてない？　大丈夫か？　そか。…あ、あと、うんことかちんことか言ったの、ごめん！　取り消す！　うんこ無し！　ちんこも無しな！　もう二度とうんことかちんこ言わないから！　まじで許して！　な？」

真剣な表情で、懇願するように一気にまくし立てるシンジに、今にも泣き出しそうなほど顔を歪めていたミコトが、思わず吹き出した。

「えっ、なに？…どした？　なに？　なに？」

急に笑ったミコトに心底驚いた様子で、シンジが狼狽《うろた》える。

「……今……また…何回も言ったよ」

「えっ、なにがなにが？」

「…その………へんな…変態の言葉」

「え？　なに？……あっ……あ、そうか！　まじだ、ヤバっ！　ごめんっ！」

目を見開いた後に、この世の終わりのような絶望顔でミコトの表情を窺う。それがまた可笑《おか》しくって可笑しくって、ミコトは大笑いした。こんなに笑ったのは、まだパパがいた頃以来だ、と、笑いながらふと思う。大笑いするその様子を見て、絶望顔だったシンジも安心したように一気に破顔した。

「もしさ、もしだよ、また俺がいやなこと言っちゃったら、今度からすぐ怒れよな」

笑いが収まったミコトにシンジが言う。

「……え？」

「怒るんだよ。何だと、コラ？　って」

「え……無理…」

「大丈夫だって！　やってみな」

「……」

「ほら、やってみなって。はい、練習！　こーやんだよ。何だと、コラ？」

石鹸《せっけん》と汗が混ざり合ったような匂いと共に、眉間に皺を寄せ強面《こわもて》を作ったシンジの顔がグイッと近づく。思わずミコトが息が止める。

肋骨と皮を突き破って飛び出すんじゃないか、と、本気で心配になるほど心臓が大きく脈打つ。それでも、このシンジとのこの時間がとても楽しくて、とても幸せに感じていた。

「ほら、やってみ」

「……えー……」

「いいから、やってみろって、ほら」

「……何だと……コ…ラ？」

この幸せな時間を終わらせたくない、ただそれだけのために、ミコトは恥ずかしさに耐えながら、シンジの言う通りにする。

「違う違う！　照れたらダメじゃん。ヤクザみたいに本気で怖がらせなきゃ」

「ヤクザ？……わかんないよ。……何だと……コラ？」

「そう！　うわっ、めちゃめちゃ怖いじゃん！　ガチのヤクザだ！」

シンジがミコトの気分を乗せるように大袈裟に驚く。

「何だと、コラ？」

「すいません！　すいません！　許してください！　許してください！」

「何だと、コラ？」

「殺さないでくださぃぃー！」

シンジがそう言ってくしゃっと泣き顔を作り、ハエのように手を擦り合わせた。その姿にミコトはまた大笑いし、シンジも笑う。二人のその笑い声に、負けるもんか、と思ったかのように、鈴なりのセミたちがよりいっそう声を張り上げたように感じた、
その時だった。

笑って細くなった目の、薄くなったミコトの視覚に突然、影がさした。えっ、と思って目を大きく見開くと、逆光で真っ黒になったシンジの顔が近付いてくる。

そしてミコトが身動きできないまま、シンジの唇が触れた――。

あれだけ騒がしかったセミの声が一瞬にして聞こえなくなり、キーンともピーンとも聴こえる静寂がミコトの耳をつく。シンジに遮られた太陽が、光の筋になってシンジの頭の周りに放射状に飛び散る。

わぁー……ひまわりだぁ…………。

あの唇の感触と、あの光景、そして心の中でそう思ったことは一生忘れないだろう。唖然《あぜん》呆然とするミコトから離れ、シンジは丸太から軽やかにジャンプして、陽炎《かげろう》が立ち始めた校庭を走り去って行った。その時にシンジの背負うバッグから聴こえた、水筒の中の氷が揺れる、カランカランという音までも、今も耳に強く残っている。シンジが去り、ひとり取り残されたミ

コトは、ぼんやりしたままゆっくりと遊具を降りる。

朝の涼を完全に追い出した夏の熱気のせいか、ミコトの内から発せられた火照りなのかはわからなかったが、顔が頭が手足がカッと熱かった。ふらふらと校門を目指す。

途中、花壇の前に来るとさっきの瞬間の情景が鮮やかに甦った。震えがくるくらい恥ずかしくなり、見下ろす向日葵から逃げるように小走りで花壇を抜ける。

体育館の方からダムダムとキュッキュッのバスケットの音が微かに聞こえてくると、まるで殺人鬼から逃げるかのようにスピードを上げ、脇目も振らずに校門を飛び出した。そこからどうやって帰って何をしたかという記憶はスッポリと抜け落ち、ミコトの頭の中には一欠片《かけら》も残っていなかった。


その日以降、シンジとは顔を合わすことなく夏休みが終わり、二学期が始まった。始業式の日、ドギマギするミコトをよそに、シンジは何ごともなかったかのように、早速あの「何だと、コラ?」を教室で披露させた。しかし、それ以降も、同級生たちのミコトに対する態度が変わる気配はまったく無いまま、あっという間に卒業を迎えた。

あの夏のあの日の出来事は夢だったんじゃないか、と思うことがある。ミコトの強い願望が見せた、幻だったんじゃないか、と。

でも今でも、あの瞬間の夏の光、色、匂い、音、そして唇の感触が、はっきりと思い出せる。本や歌詞やドラマだけの世界だった、〝恋に落ちる〟という感覚を、あの日、あの瞬間、自らの中に確かに感じた。――――いや、正しくは、その前日に体育館の隙間からシンジを見た瞬間……いや違う。もっともっと、ずっとずっと、前――――。他の同級生たちが一斉に態度を変えた中、以前と変わらずにミコトに接してくれた瞬間。

それ以来、高校生になった今も、ミコトは、シンジ以外の誰かに恋をしたことはなかった。ついこの間も、他クラスの男子に生まれて初めて告白されたのだが、ミコトは迷うことなく断っていた。それを知ったサユリたちに「まあまあイケてるのになんで断ったのよー」と、さんざん問い詰められたが、本当の理由は言えずにごまかした。

ミコトの自室の机の引き出しには、〈卒業おめでとう〉と書かれた、赤いコサージュが、今も大事にしまってある。小学校の卒業式で胸につけるため、卒業生全員に配られたそのコサージュ。式の後、教室でシンジがいきなり「これ、やるよ」と、胸から外してミコトに手渡してくれた物だ。

シンジにとっては、別に何の意味もない行動だったのかも知れない。たとえそうであっても、ミコトは今もまだ、自分の初恋からは卒業できていなかった――――。

「オマエらいい加減にしろよ！」

シンジの怒鳴り声に、カオリを始め、サユリ、マユミ、アツコ、リオ、そして面白半分に騒いでいた教室中の生徒たちが凍り付く。

「オマエらマジで、さっきから適当なことばっかり言いやがってよ！」

そう言いながらシンジは、両手で左右に机を掻き分けズンズンと真っ直ぐミコトの方へ向かってくる。ミコトには、あの夏の日、小学校のグラウンドの片隅で、遊具の一本橋の丸太を渡って近づいてきたシンジの姿と重なった。

「竹下がかわいそうじゃんよ？　あ？」

目の前に来たシンジが、サユリたち四人を睨《にら》みつけて凄んだ。そして、

「中山ぁ！　昨日オマエに言ったよな？」

親友の中山の胸ぐらを摑んでグイッと顔を近づける。その後、教室全体を見回して、

「オマエらも昨日、聞いただろうが！　あ？」

と、腹の底から溢れ出たような迫力ある声で恫喝《どうかつ》した。

昨日あれから、ミコトが知らないうちに、中山を始め、クラスメイトたちにシンジが何か話をしてくれていたということに、心の底から驚き、そして、心の底から嬉しく思った。小学校時代はここまではしてくれなかったシンジが、今、ミコトのためにこうして怒りを隠さずに、みんなを正そうとしてくれている。嬉しくて嬉しくて、そして、頼もしく、誇らしかった。

教室内が休み時間とは思えないほどシーンと静まり返る中、クラスメイトたちは皆、シンジと目を合わせないように俯いている。顔を上げて彼の目を真っ直ぐ見つめているのは、ミコトただ一人だった。

憤懣《ふんまん》やるかたない、といった様子で教室全体をぐるりと見回した後、シンジが、透き通るよ

うな目でミコトをじっと見据える。ミコトも今回は目を逸らさなかった。

「…ありがとう」

立ち上がり、目を潤ませながらそう言うと、シンジがニコッと優しく微笑んだ。そして、ミコトにゆっくりと近づいて、そっと肩を抱く。その手の温かさに強張っていた心と体がほぐれ出す。

ミコトは父を思い出していた。辛い時、悲しい時、困った時にはいつも、頭に当てられ、支えてくれたあの温かい手。ミコトの潤む瞳の中で、シンジのニコッという優しい微笑みが、なぜか突然、ニタッという笑顔に変わった。そして、

「アンタたちいい加減にしてよ、ばぁか！　弁償できるわけないじゃんよぉ！」

教室中を見渡しながら、女性の声色を真似して叫んだ。俯いていたクラスメイトたちの肩が、一斉に小刻みに震え出す。

「あたしんち、まじヤベー、ビンボーって言ったっしょー！」

シンジがそう続けると、緊迫した空気が一瞬にして緩和し、教室に爆発したような笑い声が起こった。

ただ一人、ミコトだけが、何が起こったのかが未《いま》だ理解できていなかった。しかし確実に、ミコトが進んでいると思っていた方向とは〝まるっきり逆の方向〟に、もの凄いスピードで進んでいるということは、わかった。そして、昨日、シンジがクラスのみんなに話してくれたことは、ミコトがみんなに〝話して欲しくないこと〟だったのだということも。

パニックの中、ミコトの脳内で、気持ちがいいほど鮮やかに悲劇のパズルのピースがはまり込んでいく。恐らく、昨日の出来事を、中山の口から聞いたお調子者のシンジが、小学校時代のミコトのあることないことを面白おかしく話したんだろう。そしてそれが、中山と、クラスメイト達によって、口から口へ、ＬＩＮＥからＬＩＮＥへ、拡散されたんだろう。

ネットのフェイクニュースや、新聞、雑誌の扇動記事などに群がる輩《やから》は、発信側も、受信側も、情報の正誤や、それによって被害を受ける者の事情なんてどうでもいいのだ。ただただ乱痴気に騒いで、とにかく楽しい〝火祭り〟ができれば満足だし、その炎が大きくなればなるほど楽しい、という考えだ。

〝火祭り〟の主催者や参加者たちにとっては、炎によって誰が傷つこうが、焼け死のうがそんなことは〝知ったこっちゃない〟。

今、ミコトの身に起こっていることも、同じだった。シンジから次々と提供される眉唾もののゴシップに乗っかり、〝ミコト火祭り〟が開催されたのだ。その結果、サユリたち四人はグループＬＩＮＥを去り、他のクラスメイトたちも一斉にミコトをブロックしたので、メッセージが既読になるはずもなかった。

生気を失って立ち尽くすミコトの肩を抱く〝火祭りの主催者〟のシンジが、まるで死者の言葉を口寄せする霊能者のように好き勝手に続ける。

「もうーっ！　昨日も言ったじゃないのよぉぉ。小さい時にパパが出て行っちゃったからお金ないのぉぉー！」

大袈裟に身をくねらせてのシンジの泣きの芝居に、観衆の笑い声が大きくなる。

「あたしぃ、お金無いからぁー、小学校の時ぃぃ、友達のもの盗むようになってぇー、みんなに嫌われちゃったんだよぉぉー」

――――違う！　盗んでないよ！　盗んでない！…サユリがさっき泥棒って言ってたのはこれだね。……そう……これがすべての始まりだったんだよね。違う、って、当時、何度も何度も、みんなにも、先生にも説明したんだけど……一度噂が拡散し始めると、もう……もうどうしようも……どうしようも無かったんだよね――――

鮮明に記憶がフラッシュバックして、耳の後ろに突き刺すような痛みが走る。カラカラに渇いた喉がひりつき、ミコトは静かに唾を飲み込む。

――――小学三年生の時だよね。教室のロッカーの上にね、先生が作った〈もらって箱〉っていう箱が、置いてあったの。いらなくなった物でもすぐに捨てるのはもったいないから、「誰か使う人は貰ってね」っていう、リサイクルの箱。

そのうち、チビた鉛筆とか、千切れた消しゴムとか、壊れたコンパスとか、酷い時は給食の食べ残しのパンとか、みんなゴミ箱気分でいろんな物を放り込むようになって。

設置した先生も含めて、誰も普段はその箱の中身を見ることは無くなったんだけど、私にとっては、ほんとにありがたくて。箱の名前の通り、いろんな物をありがたく貰って帰って、一生懸命に手直ししたりして、大事に使ってたの。

でね、ある日の休み時間にね、教室のゴミ箱に濡れたハンカチが捨ててあって。そのハンカチに見覚えがあったから慌てて取り出して、心当たりのある子に渡しに行ったの。

そしたらね、その子はそのハンカチ広げてね、給食のケチャップ付いちゃって、洗ったけど落ちないからいらない、って言うの。もったいないよ、落とせるよ、って私が言ったらね、じゃああげる、って！

えーっ！　ラッキー！　ありがとー！　って。こんな素敵なハンカチ、絶対に買ってもらえないから、すっごく嬉しくってね、私、家に持って帰って、丁寧に丁寧に染み抜きしたの。歯ブラシと洗剤使って何度も何度も叩き洗いして。

そしたら、完全には落ちなかったけど染みは薄くなって。そのハンカチを大切に使ってたら、ある日、急にその友達が「それ、私のでしょ」って言い出しちゃって。

ほんと、突然に。「学校に持ってきたら、知らない間に無くなってた」って泣き出して。私、先生にも必死に説明したんだけど、その友達は、知らない間に無くなった、の一点張りで。その上、私に下敷きも盗まれた、って言い出して。

少し前に、その子の家に遊びに行ったことがあったの。楽しくて、楽しくて、門限を忘れるほど遊んで。その時にね、その子がアニメの下敷きをくれたの。ほんっとに嬉しくて堪《たま》んなくて、帰る道すがら、迎えに来た母にも見せて自慢して。傷が付かないように大事に大事に使ってたの。それもその子は、私が、家に遊びに来た時に無くなった、ってみんなに触れ回って。

すると、〈もらって箱〉の物を私がよく貰ってたことから、クラスメイトの間でも、あいつなら盗んでも不思議じゃない、っていう話になって……。そこから、私の家が貧しいことに関連した、いろんな噂…ていうか、真っ赤な嘘がたくさん学校中に拡まって。それで…みんなが私を避けるようになっちゃってね。

…それからずっとひとりぼっちで……結局、中学を卒業するまでずーっと続いたんだよね。ずーっと、ずーっと。中学を卒業して…ここへ引っ越してきて…やっと……やっと、終わったって思ってたのにね――

ミコトが微かに唇を噛む。

「貧乏だからぁー、小学校のプレゼント交換はぁ、ボロぎれを持って行ったんだよぉー」

想像以上の〝観客たち〟のウケの良さに、脳内でアドレナリンが泉の如く湧き出しているのであろう、恍惚《こうこつ》とした眼のシンジの独演に力が入る。

――ああ、これも…三年生…私が〝泥棒〟になった直後だね……。クラスのお楽しみ会でプレゼント交換をすることになって。確か、三百円以内、っていうルールだったかな。私、そんな大金は無くて。悩みに悩んだ末に、家にあったはぎれの中で一番綺麗なやつを選んで、ポケットティッシュ入れを作ったんだよね。

裁縫には自信があったの。靴下の穴も、取れたボタンもずいぶん早くから全部自分で縫ってたし…。それでもなかなか上手に作れなくて、何度も何度もやり直して……。三日ぐらいかけてやっと満足いくのが完成して。自分で使おうかな、って思ったくらい素敵なのができて。

でも、そのプレゼントを入れる気の利いた袋も包装紙も無かったから、キラキラしてオシャレに見えると思って、アルミホイルでそれっぽく包んでね――

「ボロぎれよ、ボロぎれ！　ただのボロッボロの布！」

シンジがミュージカル俳優のように大袈裟な振りでくり返すと、痛みを感じるほどの笑いの波が、ミコトの全身に冷たく打ちつけた。

――――教室でみんなで輪になって唄いながらプレゼントを回してる時、アルミホイルに包まれたそれを手に取った時の、みんなの怪訝そうな顔を覚えてる。誰がどのプレゼントを用意したかはわからないようにして始まったんだけど、どう見てもひとつだけ異質で。

得体の知れない塊をみんな絶対に受け取りたくないから、他のより素早く隣に回してね。まるで導火線に火の着いた爆弾を受け取ったみたいに――――

思い出したミコトは、思わず自虐の笑みを浮かべそうになる。

――――それが手から手へ回されるうちにアルミホイルがどんどん固く、クシャッと固く丸まっていって……。そして……曲が終わって……最後にそれを手にしたクラスメイトの……この世が終わったような顔と…固くなったアルミホイルをほぐして、中身をつまみ出した時の…汚物を見るようなしかめっ面と……。

他のクラスメイトたちも「なにそれ？」「ゴミじゃん」「わー、最悪！」「ずるいよな！」って口々に言い出して。案の定、最後はみんな、犯人探しに躍起になって。「誰だよ、言えよ！」とか言ってるんだけど、みんな……先生でさえ、私を見てて……。

で、とうとう……それを手にした子が泣き出しちゃったんだよね。それで、あまりにも哀れに思ったのか、先生が、自分の受け取ったプレゼントと交換してあげて……。

目の前で行われるその一連のやり取りを見てて、なんか恥ずかしくて、悔しくて……すごく悲しくて……でも、絶対泣いちゃダメだって我慢して――

輪になったクラスメイトたちの冷たい目に晒《さら》されて、ぽつんと、ひとりうつむく小学校三年生の小さな女の子の姿が、ミコトの脳裏に俯瞰《ふかん》で浮かぶ。

――それよりも…何よりも……ずっとずっとショックだったのは……先生の手に渡った、そのポケットティッシュ入れが……何日か経って……〈もらって箱〉の中に入ってたんだよね――

それを見つけた時、ポケットティッシュ入れがすごく不憫《ふびん》で、すごく可哀想でたまらなくなって、まるで捨てられた子猫を保護するような気持ちで箱から取り出したことをミコトは覚えている。今思えば、自分と重ね合わせたのかも知れない。その後、誰にも見られないように、ポロポロ涙を流しながらそれを抱きしめて走って帰ったことも忘れられない。

「お腹が空き過ぎてぇ、小学校の観察池に入って、フナを獲《と》って食べたのぉぉー」

シンジの声と観客の笑い声で、ミコトは我に帰る。

――ああ、これだったんだね、さっきサユリとマユミが言ってたの。今、思い出したよ。これね、放課後、家の鍵をクラスの男の子に奪われて、学校の観察池に投げ込まれたことがあって。膝まで浸《つ》かって必死に探して。今も付けてるけど、その時も鍵に付けてた大事な白い蝶のストラップがあれで汚れちゃったんだよね。洗ってもくすみが取れなくて、すごい悲しかったな。

その何日か後に観察池の周りにフナの死骸《しがい》が散乱していたことがあったんだよね。タヌキとかイタチとか、アライグマか何かが荒らしたらしいんだけど、私の仕業だ、っていう噂が広まったの。貧乏で食べ物が無いから、放課後に観察池に入ってフナとかコイを捕まえて生で齧《かじ》り付いているのを見た、って

「遠足の弁当が食パンでぇ、おやつ買えないから、山にある木の実食べてたのよぉぉー」

――――あぁ、あったね。輪に入れてもらえないからひとりでお弁当食べてたのに、それも、ずっと離れた広場の端っこで食べてたのに、いったい誰が見てたんだろ、って思ってたの。正確にはサンドウィッチとレーズンだよ。遠足の前日も、当日の朝になってもお母さんが帰ってこなくて、仕方ないから自分でサンドウィッチ作ろうと思ってね。

でも、挟む具材がなーんにも、卵どころか、野菜すら無くて。切った食パンにマヨネーズ塗って二枚重ねただけのサンドウィッチ。で、おやつになる物を探してたら、冷凍庫の中に、輪ゴムで縛ったカチカチのレーズンの袋を見つけて。それ持って行ったんだよね――――

何だかもうどうでも良くなってきたミコトの顔に、力のない笑みが現れた。何人かがミコトのその異変に気づき、気味が悪そうな顔をしたが、隣のシンジは気付くことなく、陶酔に身を委ねる。

「この前、告られたんだけどぉー、ビンボーがバレるのが嫌で、断っちゃったあぁぁ!」

ミコトの顔色が変わる。興が乗ったシンジが腰をクネクネとさせると、肩を組まれているミコトの身体もそれに連れてグラグラと揺れた。その様子を見て、より一層、大きな笑いが起こ

る。

　――――ちが……う……違…う………違う……違う……違う違う違う違う違う違う！　それは違うよ！　まったく違う！　それは違う！　違う、違うよ、山内くん！　わたしが断ったのはね、わたしが断ったのは――――

「でも、あたしー、こう見えても積極的でぇー」

　今までの一連のように声を張り上げるのではなく、突然、シンジのトーンが声をひそめたようなものに変わった。休み時間中、終わりなく続く盛り上がりに、何事かと廊下から見物する、他クラスの野次馬の数も増えている。

「小学校六年生の夏休みにね――――」

「やめてっ！」

　何かを確信したミコトが、悲鳴に近い声で叫ぶ。が、シンジの言葉も、観衆の興味もそれを素通りする。

「この山内慎司くんに、無理矢理キスしたのぉーっ！」

　一気にボルテージを上げてそう言ったシンジは、自分の顔を親指で差す。えーっ！　マジで！　キャーッ！　うそーっ！　といったような、怒濤《どとう》の驚愕《きようがく》、仰天が混ざり合い、まるで獣の咆哮《ほうこう》のように轟《とどろ》いた。

「ねーっ？」

　肩を組んだミコトの顔を覗き込み、シンジが下卑た笑みで同意を求める。ミコトのリアクシヨンに期待した皆が、一気にスッと鎮まった、その時だった。

「…………………なんだと……コラ…」

腹の底からの低い声が、ミコトの口から漏れる。ここまでのシンジの、自分に対する言動には必死に耐えてきたミコトであったが、大切な想いと、大切にしてきた思い出を蹂躙《じゅうりん》されたことには、耐えることができなかった。そして、それをした者が他ならぬ、ミコトの大切な想いと、大切な思い出の主だったということに。

ミコトは、踏み躙《にじ》られた想いと、思い出を追悼する、最後の儀式のような心持ちで、あのシンジとのお遊びの台詞《せりふ》を口にした。しかし、あまりのことに呼吸が上手くできず、いつものようには言えなかった。今まで必死で我慢してきたミコトだったが、とうとう涙が押し寄せてくる。悲しかった。そして悔しかった。

……泣くもんか！　泣いちゃダメ！　奥歯を軋ませ、心の中で自身を叱責しながら、押し寄せる涙を必死で押し戻す。ミコトはシンジに目を据えて、肩に絡みついていた腕をゆっくりと振りほどいた。それから顔をグッと近付け、もう一度、全力で凄む。

「…なんだと、コラ？」

そのただならぬ迫力に、シンジは、いつもの演技ではない狼狽《ろうばい》を余儀なくされた。ひねた笑顔が一瞬にして引き攣って固まり、観衆は物音ひとつ立てずに立ち尽くす。

……なんか、勝手に……思い上がって……シンジくん…そう呼んだことはなかったけど……山内くん、わたしね、あなただけは…巻き込みたくなかったから……だから……昨日、

ＬＩＮＥできなかった……勝手に……何、勘違いしてんだよね、わたし…。

シンジを睨み付けながら心の中でそう語りかけたミコトの表情が、ふっと崩れ、微笑みに変わる。その時、かぼちゃの馬車もドレスも消え、元のみすぼらしい少女へと戻る午前０時を告げるかのように、休み時間終了のチャイムが鳴った。

呆然とミコトを見つめているシンジやクラスメイト達を尻目に、ミコトはゆっくりと机の上の物をリュックに詰め、それを背負った。そして、立ちすくむカオリに向かい合い、穏やかに語りかける。

「……カオリ、本当にごめんね。うん、ちゃんと弁償するから。値段わかるかな？」

あ……ちょっと……今、わかんない、と戸惑った様子で、カオリが口籠《くちごも》りながら答える。

「あ、じゃあ、ＬＩＮＥ…あ、そっか、ＬＩＮＥは…もう、あれだもんね。じゃあ…明日、値段教えて。それですぐに用意するから」

ほんと、ごめんね、とミコトが頭を下げる。続けてサユリ、マユミ、リオ、アツコたち四人の前までゆっくりと歩く。

「……ほんと、ごめんね、嘘ついてて。…私もずっと一緒に遊びに行きかったけど……ヤバいくらいお金なくて……さっき山内くんが言ってたけど…ほんと…うち、ヤベー貧乏だから…」

そこまで言うと、フッと笑みを漏らす。

「…それでもいっぱい仲良くしてくれてほんと楽しかった。ほんとありがとね」

嘘偽りのない、ミコトの本心だった。愛《いと》おしむように四人それぞれの目を見る。今にも涙が溢れてきそうだったが、精一杯の笑顔でそう言い、最後に頭を下げた。

そして昨日とは違い、ゆっくりと歩いて教室の後ろのドアに向かう。すると、前のドアから入ってきた二限目の英語の女性教師が、出て行こうとするミコトに気付き、声を掛けてきた。ミコトは無言で振り返り、穏やかな顔で一礼してそのまま出て行く。

廊下に出たミコトを、女性教師の甲高い声が背中から追いかけてきたが、ミコトはもう振り返ることなく、悠然と廊下を進み、階段に消えて行った。


ミコトが土手に上がると、川上から歩いて来た上品な老夫婦ににこやかな笑顔で、おはようございます、と声を掛けられた。慌てて笑顔を作り、あ、おはようございます、と返す。制服姿でこんな時間にこんなところにいることが不審に思われる不安があったが、二人は何ら詮索《せんさく》する様子もなく歩き去っていった。

今日も昨日と同じく、一限目を受けただけで早退したミコトは、これも二日連続、あの駅で電車を降りてこの川に足を運んでいた。昨日とは違い、すぐに葦の壁に開いたトンネルの入り口を見つけ、足を踏み入れる。

トンネルを抜け小屋に出ると、だらしなく寝転んで日向《ひなた》ぼっこをしていた猫がいっせいにミコトに目を向けた。が、なんだ、昨日の奴か、とでも思ったかのように、すぐに興味なさげに瞳を閉じた。小屋の様子を窺うが、外からでは中に老人がいるのかいないのかわからなかった。

それでもミコトは、おじゃまします、と小さく呟く。ふと、昨日あった自転車が無いことに気付き、不在時に勝手に他人の家の庭に入ってしまったという背徳感が急に押し寄せる。

引き返そうかとも思ったが、昨日、老人が口にした「私の土地じゃないから」という言葉を思い出し、先に進む。畑の先の細い道を抜けると、広大な川が現れた。川岸に立つと、昨日は感じる余裕が無かったが、微風と共に冷気が足下から這い上がってくる。

昨日とまったく同じに見えるが、瞬間、瞬間、瞬間に全く違う水が流れ込み、瞬間に流れ去る川。そうやって一瞬たりとも止まる事なく変化し続ける川を見つめていると、「同じ川は二度と見られない」という、父のあの言葉が頭に浮かぶ。ミコトは肩からリュックを下ろして抱き抱え、ビールケースに腰を下ろした。

上流から流れてきた未来が、ミコトの目の前の現在を一瞬で通り過ぎ、次々と過去になっていく――。

ミコトは思う。今までの人生をリセットしようなんて、甘かった。自分はただの世間知らずのバカだった。自分の目の前にたまに流れてくる楽しさとか、幸せとか、そういうものは一瞬たりとも溜まることなく、遠く遠くの海へ流れ去ってしまうんだ。そして、辛い、悲しい、苦しいことは、流れ去ったように見えても、目の前の水面下に引っかかって、どんどん溜まり続けているんだ、と。

そう、汚く濁った川はどれだけ流れても綺麗になるわけがない。だって、次から次へと汚く濁った水が流れてくるから――。

「……わたしは……ただただ大嫌いだよ…川」

川が大嫌いで、でも大好きだ、と言った父の言葉を打ち消すように、ミコトはそう声に出し、足下から石を拾い上げて乱暴に投げ入れる。水面にできた波紋が、広がりながら川下に流れて消える。遠くから近づいてきた電車の音が、だんだんと大きくなり、やがて、ミコトの気持ちに同調するように、激しい金切り声を上げて鉄橋を走り去る。

静けさが戻った時、近くでゴホッと咳払《せきばら》いが聞こえた。驚いたミコトが反射的に立ち上がり振り返ると、自分の勢いに身体を支えられずに、大きくよろめく。その視線の先、よろめいたミコトを支えようとするように両手を差し出した、あの老人が立っていた。

「あ、だ、大丈夫です、大丈夫です」

早口でそう言いながら、ミコトは逃れるように後退りする。老人は、あ……と呻きながら手を引っ込めた。

「……ああ、すまない」

老人が、改めて心配げにミコトを窺う。その様子で初めて、自分が涙を流していることに気付いたミコトは、慌てて顔を拭いながら頭を下げる。

「…いえ……こちらこそ、すいません…また…勝手に……」

「……いいんだよ」

老人はゆっくりとミコトを通り越して川岸ギリギリに立つ。

「……ここは……私の土地じゃないから」

言い聞かすようにまたそう言って川を見渡す。

ミコトは老人の後ろ姿を見つめながら、さっき土手の上で挨拶したあの幸せそうな老夫婦と、河川敷の掘立て小屋に住むこの老人を重ね合わせる。

双方同じ年代だろうが、何から何まで違うように感じる。次から次へと透き通った水が流れる清流と、次から次へと濁った水が流れる汚れた川の違いなのか。それとも、どちらも同じ川を流れてはいるが、海まで達せられる者と、その途中で汚泥に沈みゆく者の違いなのか。飽食の国で食べ残す子供たちと、飢えや戦禍で死んでいく子供たち。そして、同級生たちと、私。なにが違うの？　なんで違うの？　誰の、何のせいで？　なんで？　なんで？　なんで――？

小学生の頃から毎日のように自分に問い続けていたが、答えが未だにわからなかった。

「……誰の土地でもないから……いつでも……来たらいい……」

毛布のように温かくて柔らかい老人の言葉が、再び涙が滲んできていたミコトにふわりと覆い被さった。

川向こう、鳥の群れが冬の空高く、飛んで行くのが見えた。沈黙が流れる。でもそれは、小、中学校や家で、今までミコトが味わい続けてきた冷たく苦しい、あの沈黙とはまったく違い、何か不思議な、初めて味わう心地の良い沈黙だった。

「…………昨日見つけちゃいました、ここ……誰にも見られずに……泣ける場所……」

沈黙にしばらく身を任せた後、ミコトはそう、寂しく笑った。

再びの沈黙。荒れた指の腹でミコトが目の滴を拭うと、冬空の雲が割れ、太陽の光が地上を突き刺す剣のように無数に差し込んだ。

「……でも、見られちゃいましたね」

笑顔と一緒に涙もこぼれる。

「……すまない」

首だけこちらに振り返り、老人が伏し目がちに呟く。

「いえ…そういう意味じゃないです……わたしが勝手に来て…勝手に泣いてるので」

両手のひらで目を押さえながら、へへ、と精一杯の笑顔を作る。

「大丈夫ですっ！」

ミコトが突然、声を張ると、驚いた小さな鳥が、背後の藪《やぶ》から飛び立った。

「……もう、大丈夫、大丈夫なんです」

自分にも言い聞かせるようにくり返し、うんうんと笑顔で何度も頷《うなず》く。頬っぺたに薄く広く延ばされた涙が、冬の風に晒されて冷たい。

「………あ！　そうそう、今日もあるんです、お弁当」

何事もなかったように、ビールケースの上に置かれたリュックのファスナーに手をやる。

「今日も、早退しちゃったので。……あ、あと、今日のは、お弁当っていうか……なんか、昨日のよりも、もっと究極に……ショボいんです」

そう言って恥ずかしそうに肩をすくめると、老人は、とんでもない、というように首と手を激しく振った。

「…そんなそんな…昨日のも……美味しかったです………ほんとに……凄く美味しかった…凄

く……涙が出るほど…」

老人は最後に、ほんとに、ごちそうさまでした、と膝に手を置き深々と頭を下げた。そのあまりにも慇懃な態度に、ミコトが恐縮しながらリュックの中の弁当袋からラップに包まれたおにぎりを取り出す。

「そんな、大袈裟な、ほんとやめてください。出せなくなっちゃいます。…今日はオカズ無しのおにぎりだけなんです、ほんと、ごめんなさい！……しかも、ご飯足りなくて、こんなちっちゃくて。えーと、具はおかかと梅です。えっと、こっちが……えと…わかんないや。どっちがどっちかわかんなくなっちゃいましたけど、どうぞ」

恥ずかしさをごまかすように、勢いよく両手を老人に差し出した。老人がおずおずと近付く。へしゃげたダウンジャケットの袖から突き出た、枯れ木のような細い腕を伸ばし、片方のおにぎりをひとつ、大事そうに両手で掴んだ。

「…あ、二つともどうぞ」

ミコトがもうひとつの方も前に差し出すと、老人が首を横に振った。

「…一緒に……」

「?」

「……一緒に……食べない…食べてくれないかな」

「え?…あ、わたし…一緒にですか?」

老人がはにかんだように微笑んで、頷く。ミコトは自分の手に持ったおにぎりをしばらくじっと見つめ、やがて老人に向き直った。さっきまでの笑顔が消え、責めるような、すがるような目で老人を見据える。戸惑いを見せる老人に、ミコトははっきりとした口調で問いかけた。

「…生きてる意味、ありますか？」

老人は、今、自分の耳に届いた言葉が、きっと聞き間違いだと、聞き間違いであって欲しいといわんばかりに瞬きを繰り返し、喉が詰まったように、ん…？　と呻く。

「そんなふうに――――」

ミコトが老人を顎《あご》で指し示す。

「そんなふうになってまで………あなたが生きる意味ってあるんですか？」

うろたえる老人をよそに、ミコトは、暴力的ともいえる言葉を重ねた。空が止まる。風が止まる。時が止まる――――。ただ、唯一、二人の前に広がる川だけが、一瞬たりとも止まる事なく、静かに流れていた。

老人もミコトも口を開かないまま時が過ぎる。先程までのあの心地の良い沈黙とはまったく違う沈黙が、冬雲を霞《かす》ませるくらいに重苦しく垂れ込める。

鉄橋を列車が通り過ぎたその時、鈍い水音がした。突然、ミコトが手に持ったおにぎりを川に投げ込んだのだ。そのままビールケースの上のリュックを鷲摑みにし、走り去る。

寒空の下、ミコトが走り去った方向を見つめ、ぽつんと佇《たたず》む老人の背中の後ろで、包んだラップに冬の太陽が反射し、鈍い光を放ちながら浮き沈みしていたおにぎりとその波紋が、川下に流れて完全に沈んで消えた。

ミコトはまるで野うさぎのように、全力で草のトンネルを走り抜ける。グラウンドを横切り、土手の階段を一気に駆け上がった。

小刻みに痙攣《けいれん》する膝に両手をついて、はぁはぁと荒い呼吸を繰り返しながら、土手の上から河川敷の方を振り返る。冬空と、生い茂る植物の群生に挟まれて、鉛色の川が見えた。

息が整わないうちに再び走り出す。川を遡《さかのぼ》るように上流に向かって土手の上を走り続け、橋を渡る。背中のリュックが両肩を引きちぎらんばかりに、激しく上下した。それに合わせ、リュックのポケットの中、アパートの鍵に付いたストラップの鈴が、チリッ！　チリッ！　チリッ！　チリッ！　と激しく鳴り続けている。

橋を半分よりやや渡ったところで、ミコトは力尽きた。しなだれ掛かるように橋の欄干に手を掛け、ゼエゼエと喘ぎながらミコトが川岸に目を移す。ビールケースに、あの老人がうずくまるように座っているのが、小さく見えた。

苦しそうに喘ぎ続けるミコトに、車道を通り過ぎるドライバーたちが、何事か、といった感じで次々と視線を送るが、またすぐに視線を戻し、走り去った。

アルバイトまで時間を潰すといっても、映画を見ることや、ハンバーガーチェーン店に入ることどころか、自動販売機でジュース一本買うことすら、ミコトの懐事情では叶《かな》わない。でもそれは幼い頃からずっとそうで、ミコトは何かを我慢することには慣れていた。というより、生きるために慣れるしかなかった。

さっき橋を渡り切ったあの後、ミコトはあてどもなく彷徨《さまよ》い、気付けば三駅分歩いていた。そこから定期券で電車に乗り、今は、アルバイト先がある駅の、複合施設の中の図書館にいた。本はもちろん、新聞や雑誌、音楽、映画までいろいろな娯楽を無料で楽しめるこの図書館をミコトは以前から重宝していた。が、今日は何をする気も起きずに、間仕切りがある自習エリアの隅の席で、机に顔を伏せてじっとしていた。

今まで一時も手放せなかったスマホは、電源が切られてリュックに放り込まれている。多くの若者がそうであるように、ミコトにとっても〝生命維持装置〟といっても過言ではなかったが、今は、ただの無機質な塊に変わり果てていた。

ミコトはここへ来るまでに、クラスメイトたちから遮断された自身のＬＩＮＥアカウントを消していた。アルバイト先や母との連絡に不備が生じることも考え、少し躊躇はしたが、どうにでもなるだろう、と、半ば投げやりに消去した。

アルバイトの時間に、少し余裕を持って図書館を出ると、隣接するホールの前、仲間たちとダンスの練習をするカオリを見かけた。制服のスカートの下にジャージを穿《は》いた、いわゆる〝はにわスタイル〟のカオリがミコトに気付き、ギョッとした顔をして動きを止めた。

「……今日、本当にごめんね、…それ」

ミコトが微妙な距離に近付いてそう言うと、カオリは目を逸らしながら喉の奥で「ん」と小さく唸った。あの後、自分で落とそうとしてみたのか、ブラウスの赤いシミは薄く滲んで、少し大きくなっていた。

「あ、お金とか、いらないから」

カオリがぶっきらぼうに吐き捨て、ダンスの振りを再開する。

「それはダメだよ！」

ミコトが強く言った。ダンスメンバーたちも動きを止めて、何事かと顔を見合わせる。

「いいって言ってるでしょ！　しつこいな。邪魔しないでよ！」

カオリはもうダンスを止めることなく、踊りながらそう返して、ミコトに完全に背を向けた。

ここで何度もカオリと会っていたので、ミコトと顔見知りになっていたダンスメンバーたちも二人の成り行きを窺っていたが、カオリに同調したかのように、ミコトに呆れたような視線を送り、背中を向けた。


アルバイトが終わり、更衣室でスマホの電源を入れると、母から電話の着信があったことを知らせるメッセージが表示された。料金のこともあり、留守番電話サービスには入っていない。母から電話が掛かってくることなどほぼ無いので、緊急事態も想定して更衣室の隅でこそこそと掛け直したが、母が出ることはなかった。

急いで帰宅すると、朝に母のために作った二個のおにぎりが、そのままテーブルの上に置かれてあった。作ってくれ、と頼まれたわけでもないし、珍しいことでもないのだが、手付かずで残されていると、やっぱり気が滅入る。

帰宅するまでにあれから二度、母に電話をしたのだがやはり繋がらなかった。改めてもう一度、電話を掛ける。さっきまでと同じで、やはり母が出ることはなかった。

空腹のミコトは、テーブルの上にある、手付かずのままの、冷えた塊のラップを剝ぎ取り、齧り付く。ゴムのように固くなった米粒がボロボロと崩れて落ちた。

その時、スマホから電話の着信を告げる音楽が流れる。母からだった。画面を指でスワイプすると、一昔前の若者の歌をがなり立てるように唄う、おじさんのカラオケが耳に飛び込んできた。

「もしもし？　もしもし」

ミコトが大きめの声で呼びかける。

「……あぁ、あんた、あれ、ＬＩＮＥできないじゃない」

声を潜めるような音量で、母がミコトを咎める。

「ああ……消したから」

「はぁ？　なんで？　ＬＩＮＥの電話じゃないとお金かかるでしょ」

「これでも五分間は無料だから」

「そう。あのさ、あんたが昨日も今日も無断で早退したって…ナントカっていう担任が電話してきたわよ」

ミコトは驚いてスマホを落としそうになった。もしかして、さすがに二日連続はおかしいと、担任の掛西《かけにし》がクラスで聴き取りをしたのだろうか。まさか、それで判明した早退の理由を、母に伝えたとか？　幼い頃の母のあの「ごめんね」が頭をよぎり、ミコトの心が締め付けられる。

「迷惑なのよね！」

流れ続けるうるさいカラオケをバックに、母のあまりにも無責任で投げやりな言葉が耳に届く。ミコトの口からふっと、呆れるような息が漏れた。

「迷惑なのよ、こっちは、昼間、寝てんのにさ」

「……」

「早退届？　それを提出してないだなんだ言われても、こっちは知らないって」

「……うん………ごめん」

その時、「りっちゃあーん！」と、マイクのエコーが掛かったおじさんの酔っ払った声が、母の名前を呼ぶのが聞こえた。「はぁーい！　すぐ行くってぇー」と、別人のように甘えた声で母が返す。

「あー、もしもし」

母の声が聞き慣れた不機嫌そうな声に戻る。

「あのさぁ、とにかく、こっちに迷惑かけないでくれる？　じゃあね」

一方的に通話が切れた。二日連続で学校を早退するほど苦しむ娘と、その母の会話は、母が料金を心配するまでもなく、契約の通話無料の五分間より遥かに短い時間であっさりと終わった。確かに安堵はしていたが、ミコトは改めて激しい孤独感にも苛《さいな》まれていた。

しばらく放心したようにスマホを見つめ、それからまた、固いおにぎりを手に取る。ぼろぼろと無惨にこぼれ落ちる米粒には目もくれず、瞬きも忘れて宙に視線を泳がしたまま、その冷たくて固い塊を口に入れ、ただただ咀嚼《そしゃく》し、そしてぽつりと呟いた。

「……同じじゃん」

おにぎりを一緒に食べようと言った、あの老人を思い出す。老人に〝同類〟と見なされたような気がして、急に怒りが抑えられずにあんなことをした自分が今は恥ずかしく感じる。あの老人は何も悪くない。だって自分は間違いなく、あの老人と同類なんだから。

同類の大先輩、どうか、教えてください。泥を啜り、光の見えない闇の中を生きて行く意味を。海に辿り着けず吹き溜まるゴミに生まれた者が生きる意味を。次から次へと濁った水が流れてくる川に生まれた者の意義を。

ミコトはその日の夜遅く、あの川の土手に立っていた。あの老人に答えを聞きたい、その思いがどうしても抑えられなかったのだ。

月明かりだけの夜の河川敷は、あの白い蝶の夢で見る樹液で埋め尽くされたように真っ黒で、足を踏み入れると二度と抜け出せなくなるような気がした。ミコトは覚悟を決め、その河川敷に下りる。

スマホの明かりを頼りに、恐る恐る茶色い葦のトンネルを抜ける。昼間にはいた猫の姿は見えず、寝ているのか、不在なのか、老人の小屋も一切の灯《あか》りがなく、漆黒の中に溶け込んでいた。仕方なく小屋を通り過ぎ、川に出る。水面が月明かりに僅かにきらめくだけで、向こう岸も暗くて見えない。

いろんな音に囲まれている昼間と違って、この時間は川のせせらぎと、葦の葉ずれの音しか聞こえない。ミコトは目を閉じて、心地良さそうに耳を澄ます。心が落ち着くと同時に、冷気が川から吹き抜けてきて、思わず身震いする。自分で自分を抱きしめるように手を回し、肩をすくめる。その時、突然、小屋の方向から聞こえてきた、猫たちがけたたましく鳴く声に振り返ると、あの老人がミコトの背後に立っていた。

「…あ！　びっくりした！……あ、あの、こんばんは、えと、あの――」

ミコトがもたつきながらそこまで言った時、

「こんばんは」

と、老人が相好を崩す。そして満面の笑みのままミコトにゆっくりと歩み寄った。

「…あの、昼間は――」

口を開いた途中で、いきなり体に強い衝撃を感じた。老人が、ミコトを川に突き飛ばしたのだった。

驚きで見開かれた目に黄色い月が映り、やがて、激しい水の衝撃とともに水泡に包まれる。水中に沈んだミコトは無我夢中で手足を動かし、慌てて水面に顔を出す。

「助けて！」そう叫ぼうとしたが、全身を刺すような水の冷たさと恐怖で声が出ない。必死で空気を取り込もうとするが、大量の水が口に流れ込んでくる。

弄《もてあそ》ばれるように浮き沈みしながら流れていく。川岸に立ち、満面の笑みで手を振る老人の姿を、意識が途絶える直前のミコトの視界が捉えた――――。

…………ポン！　ピンポン！　ピンポン！

連打される呼び鈴の音にカッと目が覚める。夢であったことにミコトは安堵する間もなく、跳ね上がるようにベッドから起きて、手探りで電気を点《つ》ける。

動悸《どうき》がおさまらない中、急いで部屋のふすまを開けると、鳴り続ける呼び鈴に混ざって、ドアを拳で叩く音が途切れることなく響いてくる。そして、「起きろぉー！」と、母の泥酔した叫び声。転がるように玄関へ走り寄る。母を心配するというよりも、ご近所さんのために、だ。

玄関の電気を点けて鍵を開けたとたん、

「おい、遅いんだよぉ！」

そう鼻声で叫んだ母が、冷たい空気と共にしなだれかかってきた。冷え切った身体が震えている。ミコトは、酒と煙草と香水が混ざったいつもの臭気を放つ母を支えたまま、ドアを閉めて施錠した。

「早く開けなよねー、寒いだろぅよぉ！」

母は、鼻を啜りながらミコトの胸を手で小突く。その拍子に自分がよろめいて、床にがたがたっと倒れ込む。

「もうっ！　大丈夫？」

声を掛けながら母の顔を覗き込んだミコトが、ハッと息を飲む。母が震えていたのも、鼻声だったのも、鼻を啜ってたのも、寒さのせいだけではなかったことに気付いたからだ。母は泣いていた。

「……どうしたの？」

できるだけ柔らかなトーンで訊いたが、倒れ込んだままの母からの返事はない。とりあえず母を立ち上がらせてリビングまで連れていく。

これまでも何度か、こうなった母を迎え入れたことがあった。そのたびに住人から苦情が寄せられ、大家の山岡からも「あまりに続くようならこちらも考えます」と、強制退居も仄《ほの》めかされていた。それでもミコトは母に強くは言わなかった。

ミコトにはわかっていたからだ。母も自分と同じで、泣く場所がどこにも無いんだということが。それに、これも自分と同じで、母もすぐに涙を流すような人ではない。必死に我慢して我慢して我慢し続けた結果、食いしばった歯と歯の隙間から突然、悲しみが噴き出し、涙が滲んでしまうのだ。

そんな自分と同じ思いをして懸命に生きている母に、何を言われようと、何をされようと、ミコトはどうしても責めることは出来なかった。台所の時計を見ると、午前四時を過ぎたところだった。

「寝る前にお風呂で温まったら？　お湯溜めるから、ね？」

「……うるっさいよ！」

水を飲んだプラスチックコップを、母がシンクに乱暴に投げ込む。跳ね返ったコップが床に落ちて力なく回った。化粧が崩れた母の顔に、涙の筋が刻まれている。

「……邪魔だよ……ほんと」

だらしなく背中をシンクにあずけたまま、目を閉じてひとりごとのように母が続ける
「………いつも最後は………連れ子は…って言われてさ……」

ミコトに刻まれた辛い記憶がよみがえり、胸がぎゅっと締め付けられる。

「……邪魔なんだよ……………………子供なんて…………………………」

母の両眼から、ボロボロと涙が転がり出る。そのまま身動きしない母を、ミコトも黙って見つめたまま動かない。朝刊の配達をするバイクが、走ってはまた止まり、また走り出し、止まる、を繰り返す音だけが聞こえる。

母が大きく息を吐いて宙を睨み、ヨロヨロと自分の部屋に入る。ふすま越しに、ばさっと布団に倒れ込んだ音がした。

ミコトは床に転がるコップを拾いシンクに入れる。いつもの起床時間まではまだ時間があるが、もう一度、眠りにつく気持ちにはならなかった。時間的にはかなり早かったが、今日の弁当を作ることにした。

完成するといつものように、母の分にラップをかけてテーブルに置くと、そのまま足を抱えて座り込んだ。さっきの母の言葉で甦る、忘れられない記憶。

あの日も、今日のように寒い日だった。家を空けていた母が、五日ぶりに帰って来た、ミコトが小学四年生の冬休み――――。

公団が取り壊しになり、移り住んだ六畳のアパート。いつ帰ってきてもすぐに眠れるようにと、四年生になったミコトは、夜に布団を敷く時に、母の布団も敷くようにしていた。でも結局、ひとりで夜を過ごす寂しさに耐えられずに、自分のではなく、隣に敷いた母の布団で、母の残り香に包まれて眠るのが常だった。

その日、朝早く、五日ぶりに突然帰ってきた母が、ミコトが寝ているその母の布団に、着替えることもしないまま潜り込んできて、すぐに寝息を立て始めた。ミコトは、アパートの鍵を開ける音で目が覚めたのだが、眠ったふりをして、母の胸に頭を潜り込ませた。

すると意識があるのか、無いのかわからなかったが、母がギュッとミコトを両手で包んだ。苦しくなるほどの、強すぎる香水と煙草とお酒の匂い。それに混じって、父がいて幸せだった頃の母の優しい匂いを、極々わずかであったが、ミコトは感じた。多幸感と安心感、そして大好きな母に包まれ、再び夢の世界に堕ちていった。

ミコトが目を覚ました時、母はまだ寝息を立てていた。壁に掛けられた安物の古い時計を見ると、もう正午を過ぎていた。久しぶりの安らかなまどろみの中、ミコトは隣に母がいる事に心底、安堵する。

朝、目覚めた時に母が家にいた日もいなかった日も、毎日学校が終わると急いで帰宅し、それから外出することなく、いつ帰ってくるやもしれない母を待ち続けた。たとえ邪険にされようが、一秒でも多くの時間を母と過ごしたかったからだ。

しかし、学校に行っている間に帰ってきた母が、ミコトの帰宅を待つことなく、また出かけてしまうことが多く、とても辛かったのだが、今は冬休みだ。その心配はない。

母を起こさないように、そっと布団から出る。寒さでぶるっ、と音がするくらい、ミコトの小さな両肩が大きく震える。昨夜までの独り寝の時と違って、身体に母の匂いが濃く染み付いている。パジャマから着替える間もずっと、ミコトは嬉しそうに母の寝顔を見つめていた。

着替え終わると、ふと、玄関入ってすぐの小さな台所の床に、買い物袋が乱暴に置かれてあるのを見つける。横倒れになって崩れたその袋から、もやしと魚肉ソーセージが床にずり落ちていた。

ミコトは買い物袋から取り出した品を、次々と収納場所別に床に並べる。いちいち冷蔵庫の扉を開閉すると余計な電気代がかかる、というのをいつかテレビで見てから、自主的に、一旦こうして並べるようになった。

食材が袋から顔を出すたびに、ここ数日、まともな食事をしていないミコトの腹の虫が、元気よく歓喜の鳴き声を上げ、溺れそうなほど口の中が唾液でいっぱいになった。袋の底から最後の卵パックを取り出すと、まだ中に小さな箱がぽつんと残っているのを見つけた。子供用のおまけ付きのチョコレートだった。ミコトの目が一段と輝く。

手に取り、まじまじと見つめる。そして、さも大事そうに冷蔵庫の上に置いた。買い物袋をきちんと畳んで、それも冷蔵庫の上に載せ、床にきちんと分別され並んでいる食材を、丁寧にしまい始めた。

それからミコトは母が目を覚ますのをひたすら待った。自分の布団を静かに畳み、その空いた場所にテーブルを出す。その母が寝ている隣で、寝顔を見ながら冬休みの宿題をした。終わると、何度も何度も読み返した、ボロボロの本たちのページをめくる。飽きると、また母の寝顔を見ながら、退屈そうに意味なく手遊《てあそ》びをする。

どれだけ暇を持て余しても、ミコトはテレビをつけようとはしなかった。もちろん、電気代を節約する意味もあるし、今は、母を起こさないためでもある。だが、そうでなくても、滅多《めった》にテレビの電源を入れることはなかった。なぜなら、テレビの中には幸せな人しか住んでいないことがミコトには辛かったからだ。

自分とは違い、何の心配も不安もないような人たちばかりが、楽しそうに笑顔で喋り、唄い、踊り、はしゃぐ。ミコトが食べたことの無い美味しそうな食べ物ばかりが出てきて、行ったことのない場所、見たことの無い景色が延々と映し出される。

見れば見るほど、自分が必死で生き続けている世界とはかけ離れた世界に、いつも心が悲鳴を上げる。クリスマスやお正月前後のこの時期は、特に辛かった。

そして、過ぎたばかりの先月のクリスマス。質素であろうと毎年欠かさずにプレゼントを枕元に運んできてくれていたサンタクロースが、あまりにも悲しいことに、とうとう、ミコトのもとには来てくれなかったのだ。

ミコトが五歳の時、サンタさんに会いたくて布団の中で頑張って寝たふりをしていたのだが、目覚めるとクリスマスの朝になっていた。

悲しくて、父に「どうして、ねむっちゃったの？」と、泣きべそをかきながら訊ねたことがある。すると父は、「サンタさんは、空のお月さまとお星さまを削って作った、いろんな種類の魔法の粉を持っているんだよ」と言い、「サンタさんは恥ずかしがり屋さんだから、その中から、人間が眠くなる魔法の粉を空から撒くんだよ」と教えてくれた。だから誰もサンタさんを見ることはできないんだ、と。

その時にサンタさんがプレゼントしてくれた、補助輪の無いピンク色の小さな自転車。リボンが掛けられたそれを玄関で見つけてすぐに、はやるミコトは父を公園に引っ張り出した。

何度挑戦しても、支える父が手を離すとバランスを崩して転ぶ。しかし、ものの三十分もすると、今までのことが嘘のように乗れるようになったのだ。

ミコトも驚いたが、父はそれ以上だった。「凄い凄い！」と興奮し、帰宅してからも、とても嬉しそうに、携帯電話で撮った動画を母に見せていた。そのあまりの喜びように、ミコトは父には言えなかった。あれはサンタさんの魔法の粉のおかげなんだよ、と。

何回目かに転んでパンパンと手の砂を払った時、一瞬、キラキラした物が飛び散るのをミコトは確かに見た。そのあと不思議な自信がみなぎり、あれよあれよという間に、転ぶことなく乗れるようになったのだ。

台所でオムライスを作る母にこっそりと、「さんたさんの、まほうのこなのおかげでじてんしゃのれたんだ。ぱぱにはないしょ、だよ」とミコトが耳打ちする。すると母も「わかった。

ないしょ、ね」と小声で囁きニコニコと笑った。

「まほうのこなをください」

父がいなくなってからは、毎年夜空を見上げてそうサンタさんにお願いしていた。魔法の粉があればすべてが叶う。父も帰ってくるし、母の笑顔も取り戻せる――。しかし、ミコトの枕元には、別のクリスマスプレゼントは届いたものの、願い続けた魔法の粉が、届けられることは無かった。

それどころかだんだんとプレゼントも間に合わせのような物になり、とうとう、先月のクリスマスの朝に目覚めると、枕元には何も置かれていなかった。そして、前日のクリスマスイブから、母は帰宅していなかった。

生まれて初めての、ひとりぼっちのクリスマスイブとクリスマス。その夜、ミコトは母のお祝い事の定番料理を、一生懸命にひとりで作った。もちろん、母の分も作って遅くまで待っていたのだが、結局、その日も母は帰宅することはなく、一人っきりで、冷めたオムライスを食べて眠りについた。


母が目を覚ましたのは、夕方になってからだった。昼過ぎにミコトが布団を出てから、何百回目かに寝顔を見つめた時、突然、ふわっと母の瞼が開いた。

「ママ、おはよう」

嬉しさではやる気持ちを必死で抑えて、ミコトは小さく声を掛ける。

「………ん、おはよう」

母が気だるそうに返す。

「しんどい？」

「…ん？　ん……お酒…飲み過ぎちゃった」

「お水、のむ？」

「うん…のむ」

急いで蛇口からコップに水を入れ戻ってくると、母は「ありがと」と身体を起こして受け取り、ごくごくと喉を鳴らして飲み干した。空いたコップをミコトがシンクに置きにいった時には、母は布団から這い出ていた。

「寒いね」と言いながら、電気ストーブの前に座ると、すぐに「あー、あったかい」と満足げな声を漏らした。母が起きた時に寒くないように、と、少し前にストーブを点けておいたミコトは、その言葉が嬉しくて、そして何だか自分が誇らしかった。

母の顔色を窺いながら、ミコトも隙間を開けて隣に座る。本当はもっともっとくっつきたかったが、そばに寄ると、理由もわからずに叱られることがしばしばあった。だから、母の機嫌をそれとなく窺うことが常になった。機嫌を損ねた母が、父のように二度と帰って来てくれなくなるかもしれない、ということがミコトには何よりも恐怖だったのだ。

「…あれ？」

何かを訝しんだような母の言葉にミコトはどきりとする。

「……買い物…してきてたよね？」

「あ…うん、しまったよ」

「あら、ありがとう」

「おかいものぶくろはたたんで、れいぞうこの上においた」

「ありがとうね」

母がニコッと笑ったので、ほっとする。ミコトは、母の喜ぶ姿や笑顔が大好きだったし、母の口から出る「ありがとう」が大好きだった。

母にそう言われると、体じゅうの細胞たちが一斉にバンザイしてるような感覚になる。母のためを思って行動したことが、たとえ母に気付いてもらえなくても、母の役に立ったと思うとミコトはドキドキするほど嬉しかった。

「あ、チョコレート入ってたでしょ」

「それもれいぞうこの上においたよ」

「あれ、ミコトのだから食べていいよ、…あ、でも、ご飯の後ね」

「ありがとう、ママ！」

ミコトは思わず抱きついた。瞬間、叱られるかも、という不安が頭をよぎる。が、母は「こらー、ビックリするじゃないー」と、ミコトを抱きしめ返して頭を撫でた。そして、まるでチークダンスをするようにゆらゆらと左右に身体を揺らす。ミコトは嬉しそうに声を上げて笑いながら、目を閉じて母が起こす幸せのゆらゆらの波に身を任せた。

その後、母の仕事が今夜は休みだと知ると、ミコトは文字通り、飛び上がって喜んだ。夕食前に狭いユニットバスにお湯を張って二人でお風呂に入る。母と一緒に入るのは、本当に久しぶりだった。「わ、狭いねー。ミコト、大きくなったんだねー」と母が目を丸くしながら嬉しそうに言うと、限界を超えた空腹を忘れるほど、ミコトも嬉しくなった。

いつもは自分で洗うのにはひと苦労の、伸ばしっぱなしの長い髪を、母が優しく洗ってくれながら、「ミコトはほんと、髪がキレイねー。ツルツルだー」と笑顔で言う。

母が笑顔になると、自然と笑顔になる。笑った口に泡が入って苦かったけど、それでもミコトの笑顔は止まらなかった。

お風呂を出てから、台所に並んで一緒に夕ご飯を作った。母、そして自分から、同じシャンプーの香りが漂う。そんなことだけでもミコトは心から嬉しくて、心から幸せだった。

「いただきまーす！」

きちんと正座をしたミコトが、嬉しくて堪らないといった様子で小さな手を合わせる。ずっと鳴き通しだった腹の虫も、ぐおーっと、まるで勝利の雄叫《おたけ》びのような声を上げた。

折り畳み式の小さな小さなテーブルの上には、二人で一緒に作ったカレーライスと玉子焼き、サラダ。そして、メインディッシュは目の前の、大好きな大好きな笑顔の母。ミコトにとっては、何日かぶりのまともな、そして、ひとりぼっちじゃない食事だった。

「いっぱい食べなね」

「うん！」

「おかわりまだまだあるからね」

「ぜんぶたべていいの？」

「いいよー」

「やったー！」

　まるで、スプーンを武器に戦うように、ミコトがカレーに飛びかかる。よく噛んで！　と、母が笑う。学校や家で、どれだけ辛いことや、寂しいことがあっても、〝優しい時の〟母に触れると、いつもそれらは一瞬で消え去った。久しぶりの至福で至高な時間。ミコトはカレーと一緒に幸せも噛み締め、飲み込んでいた。

　しかし、食事を始めて間もなく、母の携帯電話に一通のメールが届いたことから、その幸せな時間が一変する。

　携帯電話の文字を目で追った母の顔から、瞬く間に表情が消えた。食事の手を止めて、メールのやり取りをし出した母から染み出る空気が、どんどんと冷えて固まっていく。

　それを感じ取ったミコトも緊張し、話しかけるどころか、チラチラと様子を窺うことしかできなくなった。ミコトの視界からもどんどん色が消え去り、いつもの灰色一色だけの世界が広がっていく。

　母がおもむろに立ち上がり、シンクの下の扉から焼酎《しょうちゅう》の大きなプラスチック容器を取り出す。それをダバッと乱暴にジョッキに入れ、蛇口から水を注いだものをテーブルに持って来て飲み始めた。そして険しい顔で煙草に火を付ける。

ミコトは、お酒を飲む母も、煙草を吸う母も大嫌いだった。父と三人で暮らしていた頃は、母は両方とも毛嫌いしていた。

晩酌で酔っ払った父が、いつもニコニコ笑いながら、ミコトのほっぺにキスしようとしてきて、キャッキャ言いながら逃げる。結局、父に捕まってキスされるのだが、その後に決まって「ほんと、酔っぱらいってやーね」と母は顔をしかめていた。

「なんで、おさけのむのー？」とミコトも母の顔を真似て訊ねると決まって、「二人の顔を見てたら幸せで幸せでさぁ、お祝いの乾杯したくなるんだよぉ」と答える父。それにも「わけわかんないよねー」と、顔をしかめてミコトの顔を覗き込んできた母。

喫煙する父を目にするたびにも、「ミコトのために長生きしたいと思わないの？」と、怒っていた母。それでもどうしても煙草を止められなかった父に、条件として、ミコトの前ではもちろん、家ではベランダ以外で吸うことを絶対に許さなかった母。

そんな母が、二人暮らしが始まってしばらくして、ミコトが気付いた時には、お酒を飲んで、煙草までも吸うようになっていた。それも、父には絶対に許さなかった、家の中で。そして、ミコトの目の前で。

父にそうしたように、「なんでお酒なんて飲むの？」と母に訊く勇気はミコトには無かった。なぜなら、母が父のように、ニコニコしながら飲む姿を一度も見たことはなかったからだ。

あの時の父のように、幸せで幸せでお祝いしたくなるから飲んでいる、みたいな答えが、母から返ってくるはずがないことが、ミコトの幼い頭でもはっきりわかっていた。同じように、煙草を吸う母に「ミコトのために、長生きしたいとおもわないの?」と言うこともできなかった。〝ミコトのために〟という言葉をミコト自身が口にするのもそうだが、「思わない」と母が答えることが怖かったのだ。だから、お酒も煙草も母の仕事のため。そして、仕事をするのはミコトのためだから仕方がない。そうミコトは考えるようになっていた。

それでも煙草はともかく、お酒の杯を重ねるうちに、大好きな母の人格がどんどん別人のようになっていく様が、ミコトには本当に怖かった。その姿を見るたびに、もう、もとの母には戻らないような気がして、いつも泣き出しそうになる。

母が酔っ払った姿は、あの時の父とは違って、幸せの空気が全く感じられない。それはお酒を飲み始めた時からずっと変わらず、ミコトが高校生になった今も、だ。

メールのやり取りを何度かくり返していた様子だった母の指が止まった。最初の着信があってから夕食には手を付けずに携帯電話をいじり、手を止めては何かを思案するように、ただひたすら黙って何本もの煙草に火をつけ、何杯もの焼酎の水割りを口にしていた。

「ちょっと電話してくる」

ミコトに目をやることなく、母が突然、口を開く。泣いたような怒ったような顔で立ち上がると、パジャマの上にコートを羽織る。そして、携帯電話と煙草の箱を手に取り、ふらふらとした足取りで玄関を出ていった。

冬休みで給食にありつけず、母が帰ってこなかったここ何日かは、ミコトは充分な食事をしていない。今日も朝から何も食べていないため、めまいがしていたが、ミコトにとっては、そんなことより、母と一緒にいられる事がすべてだった。

母と一緒にしゃべって、母と一緒に笑い、母と一緒に眠りにつき、起きる――――。それ以上、何を望む気もなかった。だからこそ、さっきも母が食事の手を止めていた時から、がっつきたい気持ちを必死に抑え、母と一緒に食べるために、食事を中断していた。

台所からラップを持ってきて、テーブルの上に並んでいる皿に丁寧にかけ、窓を開ける。煙草の煙がしみてシバシバする目で、冷めていくご馳走《ちそう》を黙って眺めながら、ミコトは、ただひたすら、窓から入り込む冷気に震えて母の帰りを待った。

母が出て行って一時間近くが過ぎ、ラップ全体を覆っていた湯気の曇りが水滴に変わり、カレーも玉子焼きも、完全に冷め切ったのがわかった。部屋に充満していた煙草の煙も、いつの間にか窓から出てすっかり夜の闇に消え去り、ミコトは窓を閉める。

それからまたしばらく時間が経ち、やっと母が戻って来た。おかえり！　と勢いよく立ち上がるミコトには応《こた》えず、母は無言のまま通り過ぎて、ストーブの前にしゃがみ込む。放心したような顔が、電気ストーブに赤く照らされる。

ミコトは台所に行き鍋でお湯を沸かし、ティーバッグを入れた母の湯呑《の》みに注ぐ。取り出したティーバッグを捨てずに自分のコップに移し、それにもお湯を注いだ。母のお茶と比べると、かなり薄い色になったが、二つを手に持ち、母のもとに戻る。

「さむかったでしょ、ママ」

電気ストーブを見つめたまま押し黙る母に、ミコトは必死で笑顔をつくり、隣に屈《かが》んで湯呑みを差し出した。

「あついから気をつけてね」

「………いらない。向こう行って」

「…じゃあ、ここにおいておくね」

「もう、邪魔だって！」

母の怒鳴り声で、ミコトの持つ湯呑みから、熱いお茶がこぼれた。手に走った切りつけられたような鋭い痛みに、慌てて台所に駆ける。水道で手を冷やすのもそこそこに、すぐにふきんを持って戻ると、床にぺたりと力無く腰を下ろした母の目から、涙が筋になって流れ落ちていた。その涙が電気ストーブに赤く照らされ、まるで目から血を流しているように見えた。

「………そう、邪魔なのよ………邪魔になっちゃうんだよ、けっきょく……いつも………最後は……みんな………連れ子は……みんなそう言うんだよ………」

火傷の疼《うず》きと戦いながらこぼれたお茶を拭いていた、ミコトの手がピタリと止まる。

「………何で置いてったのよ………連れて行きなさいよ………出て行くなら……何で置いて行くのよ……」

母は頭を抱えて床に突っ伏した。小さく丸まり震える母の身体から、途切れることなく嗚咽《おえつ》が漏れ続けた。

登校したミコトが教室に入ると、明らかに空気が変わった。

一見、サユリたち四人をはじめクラスメイトたちは、いつもと同じ様子で、ホームルーム前の時間を過ごしているように見える。が、みんながみんなさりげなく、ミコトを窺っていることをはっきりと感じた。

駅から教室に入るまでに会った同級生たちもみな、ミコトと目を合わせることもなく、近くにいることさえも避けるように、そそくさと、分かりやすく歩くスピードを上げたり、逆に下げたりしていた。

上手くはいえないが、昨日の攻撃的な感じではなく、冷たく静かで、どこかミコトを恐れているような。そして、そんなミコトと極力、関わりを持たないようにしよう、というような意思が充満している。

それでもミコトには、どうしてもやらなければいけないことがあった。

「…カオリ、おはよう。昨日はごめんね」

「……いらないって」

ホームルーム前に自分の席に戻ってきたカオリは、ミコトを一瞥することもなく、不機嫌に吐き捨てて、席に着いた。クラスメイトたちの好奇な視線を痛いほど感じたが、ミコトはすがりつくように懇願する。

「これブラウス代…。足らなかったら、また言って。お願い。ね、カオリ」

ミコトは、五千円札が入った封筒を差し出した。昨日、バイト先で前借りしたお金だ。工場長には「うちは前借りとかそういうのは、やっていない」と、いつもの能面のような顔で冷ややかに応対されたが、頼みに頼み込んで、必死の思いで借りたお金だった。

「ほんともういいって！」

「ダメだよ、大事なことだから。お願い」

「あれ、もう古いから」

「お願い」

「………」

「…お願い、カオ――」

「うるさいなー！」

カオリが封筒を荒っぽくひったくる。

「キモいって、マジで！　しつこ過ぎるって！　怖いよ、もう！　わかったよ、受け取るから、マジで、もう話しかけないでくれない⁉」

怒鳴るようにそうまくし立て、摑んだ封筒を、自分のリュックに乱暴に突っ込んだ。どこかからクスクス笑うような声が聞こえる。

ごめんねカオリ。でも、私がしつこくて怖いんじゃないんだよ。しつこくて、怖いのは、お金なんだよ。……しつこいんだよ、怖いんだよ……逃げても逃げても、ずーっとついてくるんだよ、お金って。お金のせいで…お金のことで、小さい頃から……ずっとしつこく…辛い目に、怖い目に遭い続けているんだよ、私――――。

ダンスで引き締まったカオリの背中を見つめながら、ミコトは心の中でそう語りかけた。

「あ、竹下さん、もう大丈夫?」

そのあとに始まったホームルーム。挨拶が終わると、担任の女性教師の掛西が、ミコトに声をかけた。いつもながらの、教師特有の無責任で卑怯《ひきょう》な物言いに、ミコトは辟易《へきえき》する。

早退の原因を調べることもせず、早退届の提出という、くだらない規則を守らなかったことのみを気にかけるような教師が、いったい何について「大丈夫か」と訊ねたんだ、と。そして、こうしてみんなの前で訊ねると、誰でも「はい」以外の選択肢は無いだろう、と。

死んだような目をして、教師が欲しがるとおりに「はい」と答える。すると掛西は空々しく、良かったー、と、さも心配していたかのような言い口で、満足げに頷いた。そして馬鹿の一つ覚えのように、早退届のことでミコトに苦言を呈した。

それから、気の乗らないニュースを取り上げた後、別人のように嬉々としてスポーツニュースを伝え始めるキャスターのごとく、二月に行われるマラソン大会についての伝達事項を軽快に話し始めた。

四限目終了のチャイムが鳴り、昼休みに入った。三限目までの休み時間もそうだったが、窓際のサユリたち四人のもとに行くわけにもいかず、入学当初のように、自分の席で弁当箱を開く。窓際からの視線を確かに背中に感じながら、手を合わせて、いただきます、と小声で呟くと、久しぶりに声を出したためか、喉が引っかかり軽く咳き込んだ。

今日は、朝のカオリとの会話、そしてホームルームで担任に「はい」と返事した以外、ミコトが誰かに話しかけることも、また、誰から話しかけられることも無かった。

小松菜をベーコンで巻いたおかずを口に入れる。入学してここまで、楽しい日々で忘れることができていた、忘れるようにしていた、ひとりぼっちの食事の、この苦しい感覚。よみがえる、心に深く刻まれた孤独感。それが、今朝早くの泥酔した母の言葉で思い出した、小学四年生のあの日に、再びミコトを引き戻した。

ストーブに照らされ、床に突っ伏して嗚咽し続ける母にそっと寄り添ったミコトは、恐る恐る背中をさすり始めた。母は、その手を払いのけることも、逃れることもしなかった。母の嗚咽が大きくなる。するとミコトは、今度は優しく頭を撫で始めた。幼い頃、ミコトが泣いた時、いつも父が、母が、そうしてくれたように。優しく。優しく。

さっきのお茶の火傷で、赤い痣《あざ》ができた小さな手。ズキズキと脈打つ痛みと共に、一生懸命に母の頭と背中を優しく撫で続ける。

しかし、冷えて硬くなっている母の心と身体を少しでも温めてほぐしてあげたい、というミコトの思いに反して、母の嗚咽が止むことはなかった。やがて母は、ミコトの手から逃れるようにふらふらと立ち上がり、布団を敷くと、その中に入っていった。

残されたミコトも静かに立ち上がり、台所の蛍光灯を点けてから、部屋の電気を消した。テーブルの上の、ひたひたにお茶が染み込んだふきんや湯呑みを洗う。それが終わると、火傷と水の冷たさが相まり、激しく痛む手に、はあはあと息を吹きかけ温めながら、テーブルに戻った。

薄暗い明かりの中、自分の食事のラップを取る。電子レンジがなく、温め直すことができないため、冷め切ったそれを、口に運ぶ。スプーンの冷たさにギュッと縮んだ舌の上に、粘土のように固まったカレーが落ちてくる。それでも、底知れぬ空腹を抱えたミコトのスプーンと箸は、母と一緒に作った幸せの結晶を前に止まる事はなかった。

綺麗に食べ終え、ひとりの時も、いつもきちんとそうしているように、正座をしたまま「ごちそうさまでした」と手を合わせる。そう、いつものように。何も変わりなく。

母を起こさぬように、自分が今食べた食器と一緒に、わざと片付けずにいた、母の飲み残しのお酒のジョッキや灰皿をシンクに運ぶ。そして、これもいつもと変わりなく、ひとりぼっちの寂しさと、水の冷たさを紛らわすためにそうしているように、歌を口ずさみながら食器を洗う。ただし、今日は、母を起こさないよう限りなく小声で、だ。

慣れた手つきで洗い終えると、電気ストーブにそっと近付き、痛みを通り越して感覚が無くなった両手をかざす。手の甲に火傷の赤い痣ができた小さな手のひら越しに、布団に包《くる》まる母の後頭部をじっと眺める。

手の血色が戻ると、冷蔵庫の上の、母が買ってきてくれたチョコレートの箱を取り、テーブルに戻る。箱を開けて一つを摘み口に入れると、アーモンドの香ばしさとチョコレートの甘さが口いっぱいに広がり、ミコトの顔に、可愛らしい笑みが浮かんだ。

心弾ませながら、おまけが入った箱を開けると、プラスチック片が二つ転がり出てきた。それを組み合わせてパチッとはめただけで、繋がった三羽のペンギンの人形が完成した。お母さんペンギンの足の隙間に赤ちゃんペンギン。そしてその横に立つお父さんペンギン。

「……わー、かわいい――」

笑顔でそう呟いたミコトの語尾が歪む。今日、過ごすことができるはずだった、本当に久しぶりの母との幸せな時間。それが儚《はかな》く崩壊してからもずっと、必死に必死に明るく、そして普段通りを取り繕おうとするためだった笑顔が、みるみる崩れる。続けざまに玉のような雫《しずく》が、堰《せき》を切ったように両方の瞳からボタボタと転がり落ちた。

泣き声が漏れないように、慌ててパジャマの上に着たセーターの袖を強く噛む。毛玉だらけのセーターを突き抜けて、歯が腕に食い込む。迫《せ》り上がってくる激しい慟哭《どうこく》を、どうにか細切れにすることはできたが、それでも抑え切れないそのかけらの呻きが、ミコトの小さな鼻と口からとめどなく溢れ落ちた。

高校三年生・6月　誕生日

「ご馳走さまでした」

〝最後の昼餐〟を終えたミコトは、いつものように手を合わせて弁当箱の蓋を閉じる。

自ら命を断つ日だからこそ、ミコトは今までと何一つ変えることなく、いつも通りの場所でいつも通りに過ごす、そう決めていた。学校の屋上に出るドアの前。もう二度と訪れることのない、ミコトの唯一の居場所――。

二年生、三年生とクラス替えがあったが、同級生たちは誰もミコトに話しかけてこなかった。一年生のあの事件以来、恐れていたとおり、小、中学校時代と同じ、あの孤独な学校生活が始まったのだ。居場所が無くなり、校内をフラフラ彷徨った末に導かれるように辿り着いた、この、屋上のドアの前のこの場所。

夏は陽が射し込み熱が籠り、冬はドアの隙間から入ってくる冷気が寒く、床も冷え切っていた。それでも、教室にいることを考えると天国だった。昼休みだけじゃなく、授業の合間もここで過ごしたかったが、休み時間内での往復は物理的に無理だった。

昼休みが早くも残り十五分を切ったのをスマホで確認する。午後の授業開始のチャイムに間に合うためのデッドラインだ。

この時間がくると、もう二度と味わわなくて済むと信じていた、あの陰鬱な日々が、またもや繰り返されているという現状を、改めて身につまされていた。それと同時に、新しい絶望感が次から次へとこみ上がってきて、毎回、屋上のドアを突き破って飛び出したくなっていた。

しかし、〝もう味わわなくて済む〟からなのか、今日はそういう気持ちは起こらなかった。

ミコトは少し笑みを浮かべ、傍の弁当袋とマグボトルを持って立ち上がる。バサッバサッとスカートを手で払い、教室へ戻るためにいつも通りに階段を下りようとした。

その時、ミコトの足がぴたりと止まった。振り返り、今、自分が座っていた場所を見る。凶暴な捕食者たちに襲われた者が、えぐられた大きな傷の止むことのない痛みに堪え、弱っている姿を隠して過ごした、隠れ家。

次はどこの誰が、ここに逃げ込むのだろうか。次はどこの誰が人知れずここでひとり、痛みと恐怖に喘ぐのだろうか――。

ミコトは戻って、その場所にもう一度座り込む。胸のポケットからシャープペンシルを取り出し、前の壁のちょうど目線の高さに短く文字を刻む。それをしばらく眺めて、立ち上がる。

屋上に続くドアの向こう、梅雨空を刃物で切り裂くように、ツバメが鋭く横切るのが見えた。

午後の授業とホームルームをいつものように終え、いつもと変わらず静かに教室を出る。今日も帰り際に担任教師から、進路希望の書類の提出を急かされた。今までずっと保留し続けていたミコトが、今日は、「明日にはわかります」と返事したので、担任の男性教師は「お…おお、そうか」と、驚いた様子で頷いた。

明日にはわかる――。明日、担任は、その言葉のまさかの真意を知ることになる。その時の驚きは、今日の比ではないだろう。

ミコトは校門を出て、帰宅する生徒たちの流れに身を任せ、駅まで歩く。そう、いつも通り、いつもと変わりなく。

ニュースやワイドショーなどで、イジメの被害者の親や、自殺者の親が「気付かなかった」「そんな素振りは一切、無かった」とコメントするのを見て、そんなはずはない、それは不注意だ、と非難する人たちがいる。しかしミコトには、自分の経験を顧みて、それは違う、決して不注意なんかじゃない、とはっきりとわかる。

幼い頃、動物園に行った時にパパが教えてくれた、ウサギの話。ウサギはどんなケガや病気で傷付いても、痛みや苦しみを我慢して、平然と振る舞うという生態があるらしい。なぜなら、弱みを見せると、いの一番に捕食者たちに標的にされてしまうからだ。

――同じだ。ミコトはそう思う。

そう、捕食される側の人たちはみんな、いつもどれだけ傷ついていても、苦しくても、怖くても、辛くても、周りに決して気付かれないように、必死に平然と振る舞って生きている。それは、ウサギと同じように自分が捕食者たちに狙われるからという理由だけではない。自分が愛する、自分の群れの者を守りたいからだ。

自分が傷ついていることを知った仲間が、悲しんだり、苦しんだりする姿を見たくない。そして、自分が助けを求めたせいで、大切な群れの者までも、凶悪な〝捕食者たち〟に晒したくない。

だからこそ傷ついた者は、大切に、大事に思う人にほど真実をとことん隠し、えぐられた傷の痛みや苦しみに耐え、平気な素振りをして生きるのだ。

「いつもと変わらない様子だった」

ミコトが今日、命を断った後、母もそう答えるだろう。それはそうだ。たとえ母がミコトのことをどう思っていようとも、ミコトにとって母は、父がいなくなってからずっと変わらず、たった二人だけの群れの、愛する相棒なのだから。


ここへ来るのは、一年生のあの日以来だ。

ミコトは久しぶりに川の土手に立っていた。梅雨の晴れ間の太陽はまだまだ空高い。通学電車からは毎日のように目にはしていたが、すべてを覆い隠さんばかりに生い茂る葦を実際に土手から眺めると、想像以上に壮観であった。

その河川敷の草の海に立つ一本の大きな木。手入れされることがないためか、相変わらず縦横無尽に枝を伸ばし、幹は生い茂る葦に隠れて見えなくなっている。そして、この木がどれだけ大きくなろうが、鉄橋を走る電車からも完全な死角になっていた。

二年前、ここに来た時には、気にも留めなかったのだが、不思議なことに、命を断つと決め、その方法に思いを巡らせた時、なぜか真っ先にこの木がミコトの脳裏に浮かんだ。

日が暮れるまでにはまだまだ時間があるので、土手を下り、〝下見〟がてら、その木がある鉄橋の方へ歩く。電車が鉄橋を渡るのが見え、次々と通り過ぎる車窓に太陽が反射して、映画フィルムのコマ送りのように、チカチカと光って流れた。

自転車に乗った小学生たちの一団がはしゃぎながら、全速力でミコトを追い抜いていく。すれ違いざまに小石にでも乗り上げたのか、その衝撃でカゴから飛び出したサッカーボールが、ミコトの目の前で跳ねた。ザザザッとロックされたタイヤが地面を滑る音がして、一台の自転車が止まる。ミコトが拾い上げたボールを持って歩み寄る。

「すいませんっ！」

慌ててスタンドを立てながら、少年が降りてくる。はい、とミコトがボールを渡すと、それを両手で受け取りながら「ありがとうございます！」と、大きな声で礼を言い、ペコリと頭を下げた。

遊歩道の少し先からも「ありがとうございまーす！」という複数の声が聞こえ、見ると、仲間たちも先で自転車を止めて、この少年を待っていた。ミコトも、両手をメガホンのようにして「どういたしましてーっ！」と笑顔で叫び返す。

「さよならっ」とボールを落とした少年はもう一度頭を下げ、カゴに入れ直したボールを片手で押さえながら、友達たちのもとへ自転車を漕《こ》いで行った。

正面から飼い主とともに歩いてきた犬が、勢いよくミコトのもとに駆け寄ろうとする。リードがピンと伸び、宙で前脚を掻く。飼い主の男性にたしなめられ、鼻息荒く目を剝きながら引っ張られて去っていった。

初夏の夕方の穏やかな日常。今の飼い主さんも、さっきの少年たちも、誰一人として、自分たちがすれ違った女子高生が、そのあと命を断ったなんてことは、想像だにしないだろう。

我々が住む世の中で語られる〝日常〟とは、そういうものだ。正邪曲直、人知れず静かに何かが進行している――。


河川敷を眺めながらしばらく歩くと、突然、女性の金切り声のようなけたたましいブレーキ音がして、すれ違った自転車が止まった。何ごとかと振り返ると、向こうも自転車に乗ったまま身体を捻《ひね》ってこちらを見ている。白髪と白髭が顔を覆い、そのどす黒い顔に驚きの表情が貼り付いていた。一段と薄汚れてはいたが、二年前に出会った、河川敷の小屋に住むあの老人だった。

「あ……」

「こん…」

二人の言葉が交錯し、同時に言葉を止める。ミコトが先に、こんにちは、と挨拶を挿し込むと、老人は自転車を降りて不器用に向きを変え、恐る恐るといった感じで口を開いた。

「…お…お久しぶり…だね……」

「お久しぶりです」

知り合いと言うほどではないが、ミコトの希薄な人間関係では、いわゆる顔見知りの部類に入る人物だ。これ以上会話をすると、このあとの計画がバレてしまうのではないか、と、急に不安になり、顔が少し強張る。

「……あの、じゃあ失礼します」

頭を下げて立ち去ろうとすると、「あの時」と、この老人からは聞いた覚えがないほどの、力強い声がした。ミコトはビクッとして、老人を見る。

「……あの時……あの時の…答え……あの…ずっと……ずっと考えてたんです」

急にまた、おどおどとした感じで老人が続けた。

「……えと……あの時?…あの時の答え……ですか?」

何のことかさっぱり思い出せないミコトは、戸惑いを隠さずに訊ねる。

「……生きている意味。……こんな…こんなになってでも…私が生きる意味……です」

おにぎりを川に投げ込んだ、あの暴挙の記憶が、脳裏に強烈に甦る。

「あ!……ああ、わたし、あれはほんとに! ほんとに失礼なこと……ほんとすみませんでした!」

申し訳なさや、気恥ずかしさ、そして、情けなさにミコトは勢いよく頭を下げた。

「いや、違う……違うんだよ! 悪くない。大事な…大事なことだから」

老人の言葉に、再び力がこもる。だが、このあと自ら命を断つミコトには、そんなことはもう、どうでも良く、興味さえ無かった。はなから、老人のことは当然そうだとして、自分のことさえ、何もかも全て。

「……川をね…見ていたいんだ」

ミコトの思いなどどこ吹く風で、老人は突拍子もない言葉を発する。ポカンとするミコトを微塵も気に掛ける様子がなく、老人が続ける。

「…人がね……人がこの世に生まれるということは…川を流れてきて、川岸に立つ誰かのもとに…流れ着くみたいなものだと思うんだ…。その誰かってのは………親、で…」

は？　なにそれ？　桃太郎？　なんとなく、面倒くさい話になりそうな予感がしたので、早く立ち去りたかったが、もとはといえば二年前の自分が蒔《ま》いた種だといったら、それはそうなので、ミコトは躊躇した。

「…そしてね、その親のもとで岸に立って……流れゆく川を…じっと見続けて育ってね……やがていつか…手に入れたいものが目の前に流れてきた時……それを摑むために岸から川に飛び込んでね……。

でも手が届かずに…摑もうとしたものが流れ去ってしまうこともあるし…もし摑めたとしても…摑んだそれと一緒に、もちろん自分も流されるんだ…。

だからどっちにしても…誰もがもう、親がいた元の川岸には戻れないんだよ………。そして、ひとりで、どこかの川岸に流れ着く……それを……〝自立〟というんだ…」

老人は途切れ途切れにそこまで話すと、緊張なのか、老いなのか、掠《かす》れた声を整えるように、んっ、と喉を鳴らす。

「そして…そうやって何かを摑むために…岸から飛び込むのを繰り返すことをね……〝人生〟っていうんだと…私は…そう思うんだ。

でね…次の川岸、また次の川岸に流れ着くたびに、そこに立って……目の前に流れてくる全ての物から目を離さず…じっと…見続けることが…〝生きる〟ということなんだと」

河川敷の生い茂った葦の中を湿った風が走り抜け、ざわざわと波のような音を立てる。

「目の前には…次々といろんなものが流れてくるんだ。……汚いものや、怖いもの……苦しくて…辛いもの……楽しいものや、素敵なもの……そして………大切な、大切な、ものも……」


その時、鉄橋を走る電車の轟音《ごうおん》が河川敷の全ての音を乱暴に搔き消す。

「じゃあ、答えを教えてください」

電車が走り去り、初夏の夕暮れのさざめきが戻ってきた時、口を開いたのは老人ではなく、ミコトだった。二年前のあの時と同じように強い口調で、あの時と同じように真っ直ぐに老人を見つめて続ける。

「…生きる、ってことはわかりました。じゃあ、あなたが……そんなあなたが…どうして生きるのか、その答えを教えて欲しいんです」

口調は強くとも、ミコトの眼差しはあの時の睨《ね》めつけるようなものではなく、どこか、すがるような、そんな目をしていた。まるでその答えが、自分に対しての答えでもあるかのように。

「……川を見ていたいんだよ」

最初の言葉を老人は再び口にした。

「ずっと川を見ていたいんだ、ずっと…ずっと」

真っ直ぐ見つめるミコトを、同じように、いや、それ以上の力強さで真っ直ぐ見つめ返しながら、言った。二年前に出会った時の記憶では、いつも伏し目がちで、きちんと合うことのなかったこの老人のその視線に、ミコトは戸惑いをおぼえる。

「…こんな…ぶざまな姿で、なぜ生きるのか…そういうことだよね？」

ミコトが無言で頷いた。

「自ら死を選ぶ、ってことはね、さっきの川の話でいうと……川岸から川を見続けることもやめて、何かを摑むために飛び込むこともやめて、ただただ川に流されるってことなんだ……。そうすると、こう…その、そうやって自分を捨てて流される人はね、誰にとっても必要でないものに…変わり果ててしまう。……目の前に流れて来ても、誰も摑みたいとは思わないものになってしまうんだよ……。

たとえ、川に流されてもね……もがいていれば、きっと川岸に立つ誰かにとっては、凄く大切なものでいられたかもしれなかったのに…どこかで誰かが川をじっと見つめて、その人が目の前を流れてくるのを待っていたかもしれなかったのに……。

……もがいてれば……もがいてれば、きっと誰かが摑んでくれるんだよ」

老人の表情と声が、どんどん穏やかに、優しくなっていく。

「こんな……汚いホームレスでも……川べりでひとりで暮らす孤独なホームレスでもね……こんなに悲惨で……こんなに情けない姿になっても生きているのは……」

表情は穏やかなままだが、老人は言葉を詰まらせる。ミコトは老人に向けた真っ直ぐの視線を少しも動かすことなく、ただじっと、言葉を待つ。

「…こんな…こんなになっても…死……自分で命を断たないのはね――」

ミコトが息を飲む。鉄橋を列車が渡る音が鼓膜を激しく震わせたが、ミコトには届かない。この瞬間のミコトの耳は、老人の言葉を受け止めるだけの器官になっていた。

「…そんなことをして…誰にも必要のないものになって川を流れている姿を、もしも……どこかに……どこかの川岸に立つ、自分の…大切な人に、見られてしまったら……。それが…それが…何より辛いんだ。……今のこんな無様な姿を見られるより……ずっと……ずっとずっと、辛いんだ」

老人の顔が歪む。

「…もちろんね……私が生きていても……結局、誰も私を待っていないし……誰も……誰も掴もうとしないのは……充分にわかってるんだよ」

老人はそう寂しげに、自嘲するようにほんの少しだけ笑みを漏らす。

「でもね……でも、私が…私がこんなになってでも、川岸に立って……流れないで、岸に立ってさえいたら……流れてくる誰かを掴まえてやれると思うんだ。

……他の人にスルーされた……みんなに必要ないものと思われた誰かでも、私だけは…私が立つこの岸では、必ず摑まえてあげられる……そう思うんだ」

その時、額にポツリと感じて、ミコトが空を見上げる。すると瞬く間に、大粒の雨が落ちてきた。老人とミコトは、慌てて鉄橋の高架下へと飛び込む。河川敷の葦の群生に雨が当たり、バラバラバラと万雷の拍手のような音を立てている。

老人は高架の下で、額から滴をしたたらせて、錆びついた自転車のスタンドを立てる。待ちきれない様子で眺めていたミコトが、その作業が終わるや否や、憤りと侮蔑《ぶべつ》を隠さず、老人の小さな背中に言葉をぶつけた。

「……あなたがいる…そんな岸で……そんな下流の下流の川岸で摑まえられても………。あなたがいるような下流なんかに流れ着くのが嫌だから…怖いから…だから………だから、みんなその前に……そんなとこに流れちゃう前に、自殺するんじゃないですか?」

老人は振り返ることなく、汗なのか、雨なのか、びっしょり濡れそぼった背中で、その言葉を受け止める。

「それに――――」

ミコトが続ける。

「いつかは、って思いで川岸から川を見続けてきて………小さい頃から…ずっとずっと、〝いつかはきっと〟って……。

なのに、ずっとずっと、目の前を流れてくるものが………嫌なものとか……、辛いもの……

苦しいもの悲しいものばっかりで……そんな人は…ずっとずっと…ずっとそんな人は、どうしたらいいんですか！」

抑えよう抑えようとしても、ミコトの胸を突き破った積年の思いが、見知らぬ老人の薄汚れた背中に突き刺さっていく。老人は振り返り、ミコトが送ってきた辛い人生を察したかのように、顔を歪め、目を伏せた。

「そんなの…そんな人は……川を見るのを…そう、人生を……生きることを、止めるしかないじゃないですか！　死ぬしかないじゃないですか！　そうでしょ！」

ミコトの悲痛な叫びに呼応したかのように、激しく歯噛みしながら辺りを殴りつけるような音を立てて、二人の真上を電車が走り去る。すると老人は再び、優しく、そして力強い目で、ミコトを真っ直ぐ見据えて言った。

「……川岸を…変えるんだよ。……自分の立つ岸を変えるんだ。川に飛び込んでも……歩いてもいい。死ぬなんて…そんな…無理して一番怖い選択をする前に………」

無理して一番怖い選択――。ドキリとした。必死に気を逸らして、そう思わないようにしていたが、図星だった。

「たとえば……たとえば流れ着いたところが…望まなかった川岸だとしたら、そこに留《とど》まる必要なんかないんだよ……目の前を幸せが流れて来ないんだったら…そこから移動すればいいんだ」

高架に溜まった雨水がボタボタと端から落ち続け、地面に幾つもの小さな小さな滝壺《たきつぼ》を作っていた。老人は、目を細めて川の方を見つめながら続ける。

「次にどこに流れ着くのかが不安で川に飛び込めないのなら、川岸を歩けばいい。歩くのも、飛び込むのと同じくらい大変だけどね…。

岩がゴロゴロあったり……ぬかるんでたり、棘がある草が生い茂ってたり……大きな木が邪魔したり……うん、虫や蛇も出るな………。歩いてもいい、飛び込んでもいい。どちらも大変だけど、勇気を出して川岸を変えるんだよ」

勇気を出して、ともう一度、老人が言った。

「…そして、違う川岸に立ってまた川を眺めるんだ。立つ岸を変えればね、同じ川でも流れてくるものが変わる。流れるスピードも。そして……空気も……風も…空も……匂い、光。…景色がまったく変わるから」

ミコトも老人が見つめる視線の先を見る。いつのまにか雨脚が弱くなり、明るさが戻った空の下に、いつもより流れを速くした川が見えた。

「……辛いものしか流れてこない川岸に留まり続ける必要なんかまったくないんだよ。…たとえ生まれて…一番最初に流れ着いたところが、辛い岸であっても、たとえ…………誰かのせいで……立っている岸が辛いことになったのだとしても…」

自身に何か思い当たることがあるのか、老人がまるで心の苦しさに喘ぐようにそう言った。そして、長い沈黙の後、意を決したように天を仰いで大きく息を吐く。

「……私は…若い頃……せっかく流れ着いてくれた…大切な…人生で一番大切なものを川岸に

置いたまま…………そんな大切なものを……置き去りにして…違うものを摑もうと川に飛び込んだんだ…でも…それを摑めずに流されて……違う川岸に流れついて……」

老人は苦しそうに声を絞り出す。

「……それから…何度も何度も…川に飛び込んできた……また目の前に流れてきたものを摑もうと、何度も…。そして何度も歩いて川岸を変えた……ほんとに何度も…何度も。……それで、いろんな川岸に辿り着いて……そして……今のところに行き着いたんだ。

……でも…今…立っている川岸もね…もう、どれだけ待っても…流れてくるのは………目を逸らしたくなる、怖いものや、苦しいもの……辛いものばかりだった……」

そこまで言ってミコトを見つめる。とても静かに。そして、とても深く、とても温かく。

「……でもね……でも…………そんな…絶望しか流れてこないこの川岸に立ってたら……二年前のあの日……流れ着いてくれたんだ……君が…………君が…」

老人が大きく息を吸い込んだ。

「君が……最初に…私たちの元に……流れ着いてくれた瞬間……三人で川岸に立っていたあの時間……人生で一番幸せだった……その、君が………」

ミコトの目がこれ以上ないくらいに大きく見開かれた。

「その君が……また」

ミコトの身体が細かく震え出す。ミコトの脳に呼び起こされた、あまりにも少な過ぎる、だが決して消える事が無かった大切な人の記憶――――。

もつれた髪と髭に埋もれた薄汚れた顔。過ぎた時間の長さと、過ごした人生の内容によって、あまりにも変わり果てたその風貌《ふうぼう》に、今まで気付きようがなかった。しかし今、ミコトは、老人の顔の中にはっきりと見つけていた。幸せだったあの頃、幼い自分を包み続けてくれていた、あの温かい光と、それを生み出す瞳を。

「……やっぱり……川……川が……大好きだ……」

最後の力を振り絞るようにそう唸ると、老人は地面にバッタリと倒れ込んだ。そして高架下の乾いた砂に頭を付けてうずくまり、声を上げて泣き出した。喘ぐ息で、高架に遮られ雨に濡れなかった埃っぽい砂が舞う。

ミコトがゆっくりと近付き、寄り添うように隣にしゃがみ込んだ。以前にも増して老人から漂う、むせ返るような、汗や煙草や土やホコリが混ざり合った匂い。

震える手で老人の頭に触れると、伸ばしっぱなしで、汗と脂が固まりゴワゴワにもつれた髪がミコトの掌を受け止めた。

「…………………………………………………………………………………

……………………パパ……」

この世に何が起ころうが、二度と触れ合うことはないと思われた父と娘。娘が父を呼んだ語尾が激しく押し寄せる嗚咽の波に揺れた。ミコトはいつものように腕を噛み、自分の口から溢れ出るそれを、必死に必死に我慢する。

「ミ――――」

父も十数年ぶりに娘の名を呼んだのだが、言葉が涙の海に深く水没した。なんとかそれを口まで引き上げようと、老人は顔を起こして懸命に喘ぐ。

ミコトは自分の腕に嚙みついたまま、もう片方の手で優しく父の頭を撫でた。かつて、この老人――――父が、幼きミコトにいつもそうしてくれたように。

ママに叱られて泣いた時も、
シャボン玉が上手に飛んだ時も、
幼稚園で描いたパパの絵を見せた時も、
公園で転んで泣いた時も、
自転車に乗れた時も、
幼稚園のかけっこでドベになった時も、
怖い夢を見た時も、
お風呂でも、
寝る時も、
なんにもない時も、
いつもいつもいつもいつもこうしてくれた――――――。

「……パパ……長い間……こうやって…頭なんか…撫で…られたことなかった……でしょ」

ミコトがしゃくり上げながら口を開いた。

「………いくら頑張…ってもさ……どんだけ…どん…だけ辛くてもさ…………どんだけ…寂しくても…さ…」

そこまで言った時、抑え切れないミコトの感情が一気に噴き出す。

「―――わたしもだからね！

……わたしもだよ！……わたしも！………わたしもなんだからね！」

思いの丈が高架に響き渡った。それでもミコトは腕に噛みつき、必死に涙を我慢する。父が出て行ったあの日。ミコトが泣くからパパが出て行ったと、そう母が言ったあの日に、二度と人前では泣かないと、幼心に誓った。その日から今日まで、いつもどんな時も、自らの腕に食らいつき、身を震わせながら、ずっとずっとずっとずっと涙を我慢してきた。

「……ミコト…………いい子……で……な」

父と二人で川岸を散歩した数日後の夜。あれから毎日添い寝して、ミコトが寝付くまで優しく頭を撫でてくれていた父の声が、やがて途切れ途切れに遠くなる。そしていつものように、五歳のミコトは眠りに落ちた。次の日、夜になっても帰宅しない父のことを、夕食の時に母に訊ねた。

「え、どうして？」

「……パパはね…もう帰って来ないのよ」

母の唐突な言葉が五歳のミコトには理解できず、うわずった声が出た。

「……ミコトとママのことが、嫌いになっちゃったんだって」

「…………どうして？」

ミコトの目からポロポロとこぼれ出る涙が、ぷっくりとした頬を転がって次々と落ちる。

「どうして、まま？…ねぇ、どうして…どうしてきらいに…なっちゃったの？」

母は黙っていた。幼いミコトは答えを聞き出そうと、泣きじゃくりながらすがりつく。

「……ままっ！　ねぇ！……どうして？　どうしてー！」

今まで見たことのないような母の表情に、正体の分からない大きな不安がミコトを襲う。その底知れぬ恐怖に怯え、ひきつけを起こしそうなほど泣きじゃくった。その時。

「そうやって！――――」

突然の母の大声に泣き声が、止まる。

「そうやって、ミコトがすぐ泣くからじゃないの？…そうやっていつまでも泣くから！……だからパパはもう嫌だー！　って出て行っちゃったんじゃないの？」

母はただ、ミコトを泣き止まそうとしただけかも知れない。これから一人で幼い娘を育てていく覚悟として、絶対に泣かないと、自分自身が誓う意味もあったかもしれない。

しかし、その、あまりにも不用意な母親の言葉は、わずか五歳の子供の胸に正面から突き刺さって、激しい自責の念を伴って棲みついた。

わたしのせいだ、わたしのせいでだいすきなぱぱが――――。

あまりのショックと絶望に、より一層、大きな泣き声が出そうになったミコトは、母がたった今発した言葉を思い出し、慌てて両手で自分の口を塞《ふさ》いだ。それでも漏れ出てくる嗚咽。思わず無意識に、まるで猿ぐつわをするかのように、自分の服の袖に腕もろとも噛み付いた。

無我夢中で、食いちぎらんばかりに顎に力を入れる。泣くことによってもう二度と誰かに嫌われないように。泣くことによってもう二度と大好きな人を失わないように。

これからずっと泣かなければ、いつか父がまた、機嫌を直して帰ってきてくれるかもしれない。またいつか「いい子だねー」と頭を撫でてくれるかもしれない。また、いつか、きっと——。

それ以来、何があってもミコトは泣くのを我慢した。どこで、誰に、どんな目に遭っても。どんなに辛くて、どんなに苦しくて、どんなに悔しくて、どんなに寂しくて、どんなに怖くても。もし次、泣いたところを誰かに見られてしまったら、頻繁に家を空ける母もとうとう、父のように二度と帰って来てくれなくなってしまうかも知れない。逆に、泣かないことを続けたら、いつかきっと父が帰って来てくれるし、母も毎日家に帰ってきてくれるようになる。サンタさんも、いつかまた、魔法の粉のプレゼントを持って……それに同級生たちもいつかきっと——。

そう信じながら、ミコトはあの日からずっと、人前で涙を見せないことを自らに課し、今日の今日まで必死に生きてきた。

「…ミコト…が…泣くの…き…らい？」

ミコトが喘ぐように声を絞り出すと、父が流れ続ける涙を拭きながら顔を上げる。

「…泣いて…も…平気?」

ミコトの顔が苦しそうに歪み、まるで痙攣するように激しく震えている。なぜミコトがそんなことを訊くのかは父には理解できなかったが、何度も頷く。

その瞬間、まるで真珠のネックレスが、突然ちぎれたかのように、ミコトの泣き声がバラバラに弾け飛び、四方八方を跳ね回った。

「…わたしが…泣……くのが…嫌…でパパが……出て…行っちゃったって…」

父が大きく首を横に振りながら、しゃくり上げるミコトの頭にごわついた手を乗せる。

良かった……ほんとに良かった。あの幸せを壊したのは私じゃなかった。母から父を、そして父から母を奪ったのは私じゃなかった――。

ミコトは、赤ん坊のように泣きじゃくった。今までの、十数年分の涙をすべて吐き出すかのように。そしてその涙で、幼い頃から背負い続けてきた自責の念を、流れ去ることなく溜まり続けてミコトを苦しめていた残骸を、すべて下流に押し流すかのように。

ミコトの頭に置かれた父の手が、おどおどとミコトの髪を撫でつけた。どれほどこの人にこうしてもらいたかったか。どれほど! どれほど! どれほど!

パパのことを思い出しても泣かなかったとき、
おゆうぎ会で魚のダンスが上手に踊れたとき、

おねしょしなくなったとき、
ひとりぼっちで夜を過ごせたとき、
二年生の運動会、徒競走で二番になったとき、
ひとりでオムライス作れたとき、
洗濯物を綺麗に畳めたとき、
お腹空いても我慢できたとき、
ずっと友達いなくても我慢したとき、
遠足のお弁当、ひとりで食べたとき、
修学旅行に行けなかったとき、
高校に合格したとき、
久しぶりに友達が出来たとき、
一生懸命、バイト頑張ったとき、
貧乏を馬鹿にされても泣かなかったとき、
小学校から好きだった人に失恋したとき、

今までずっと、
寂しくても辛くても泣かなかったこと。
寂しくても辛くても泣かなかったこと。

寂しくても辛くても泣かなかったこと。
今までずっと、
寂しくても頑張ったこと、
辛くても頑張ったこと、
怖くても頑張ったこと、
ずっとずっと学校に行き続けたこと。
ずっとずっと頑張ったこと。
ずっとずっと、ずっとずっと、ずっとずっとずっとずっと、こうして〝いい子いい子〟してもらいたかった――。

「……ごめんな……ほんとに……ごめん…な……パパ…許してくれな………辛…辛い思い…させた……ね………大きくなった…ね……」

重なるように寄り添い合う二人の真上、鉄橋を踏み抜かんばかりに、ガタガタと乱暴に電車が走り去った。

六月の長い陽が落ち始める。すっかり雨があがり、夕陽が景色を朱色に染めていた。久々の再会を果たした父と娘は、鉄橋の高架下、雨に濡れていないコンクリートの土台に並んで座っていた。あれから色々話したが、ミコトは父に余計な心配をさせないように、母については、元気だ、とだけ伝えて深くは話さなかった。家計の事や、学校の事も。

そしてもちろん、ミコトが、今日ここに何をしに来て、〝このあと〟何をしようとしているか、ということも。

「…会った瞬間に…気づいたよ」

「ほんと？」

「ほんとだよ。……あの時…パパ、とっさにタバコ消したの覚えてるか？　ミコトの前で吸うのは禁止されてたから…とっさに…無意識にさ…」

「どこでわかった？」

「そりゃわかるよ………親だから」

親、と言うのを父が少し躊躇した。そして、親としての務めを果たさなかった自分を責めるように、俯いて唇を噛む。

「なんで、すぐ言ってくれなかったの？」

「うん……今更、どんな面下げて、だしな……こんなふうになっちゃったし……恥ずかしいんじゃなくて…ミコトが悲しむと思ったから…」

ミコトは何も言葉を返さずに遠くを見つめる。巣で待つ子供のために餌を調達しているのか、柔らかに朱色に染まっていく河川敷を飛び交うツバメが、二人をかすめる。

「……そうだ、パパ……これ、覚えてる？」

ミコトはリュックのポケットからアパートの鍵を取り出し、父の顔の前で細かく振る。蝶の人形が揺れ、チリチリと鈴の音がした。すると、父が腰に巻いたウエストポーチから、緩慢な動作で二つ折りの古い携帯電話を取り出して見せた。

そこには、薄汚れた塊がぶら下がっていた。羽も触角も無くなり、白い毛も汚れてへたり切って、ほぼ原形はとどめていない。その上、鈴も無かったが、確かに、ミコトと同じ白い蝶のストラップだ。

「‼」

父がまだそれを持っている事にミコトは心底驚いた。おずおずと父の持つ携帯電話を取り、ストラップを手ですくう。ミコトの手のひらに横たわる、ボロボロの白い蝶。もはや、白くもなく、蝶でもなくなったそのストラップが、唯一残った黒いつぶらな瞳でミコトを見上げていた。

そのボロボロの姿から、持ち主である父の、こうして再び出会うまでの十数年の、凄絶であったろう人生を窺い知る。ミコトはいたわるように、指の腹でストラップを優しく撫でた。

「…よく持ってたね」

「一生の約束だからな」

「一生の約束？」

「覚えてないか。まだ、小さかったもんな」

「なに、それ？」

「これ、ミコトが欲しがって。ママもパパも同じの買え、って駄々こねたんだよ」

「それは覚えてる」

「泣いて泣いて、な？」

父が懐かしげに微笑む。

「えー、泣いたっけ？」

「泣いた泣いた。で、仕方ないから、パパとママのも買って。そしたらミコトが、ずっとだいじにもっててね、〝いっしょうのやくそくだよ〟、って。……三人で指切りさせられて」

「ぜんぜん覚えてないー。……その約束守ったの？……ずっと？」

「……針、千本も飲めないからな、パパ」

その真面目な言いようにミコトが思わず笑うと、それを見て父も笑う。ワイヤレスイヤホンを挿した若者が、二人の前をジョギングで駆け抜けたが、関心なさげに一瞥《いちべつ》しただけだった。

「ボロボロだね…携帯も…」

「もう使えないんだ」

「意味ないじゃん」

「……でも、どこかでいつでも充電できるように、充電器も一緒に持ち歩いてる」

「使えないんでしょ？」

「…うん………でもほら、写真とか…いろいろ残ってるからな…」

それを聞いたミコトがハッとした。前のめりになり父に訊ねる。

「わたしの！……わたしの…パパとママとわたしが一緒の写真とかある？」

「……パパ、携帯の使い方がよくわからなくて、あんまり写真撮らなかったんだよ……」

ミコトが肩を落とす。父が二つ折りになった携帯電話を開きながら続けた。

「……みんな一緒のは無いんだけどな——」

「えっ！　何、何？」

再び目を輝かせて覗き込むミコトの隣で、父は老眼を細めて携帯電話を不器用に操作して差し出す。それをミコトが手に取る。小さな画面の上、画像が粗すぎて、何が写っているのかいまいち分からない写真が並んでいた。ミコトはその一つを選びボタンを押した。

拡大されても画像が粗く、カラーバランスもおかしいが、若かりし母が赤ちゃんに頬を寄せ、画面いっぱいに幸せそうに微笑んでいた。ミコトは夢中になって順番にボタンを押す。つかまり立ちをしている赤ちゃんのミコト。ソフトクリームを持つ笑顔のミコト。母と変顔をするミコト。寝顔のミコト。誕生日ケーキを前にピースするミコト——。

時代も飛び飛びで、枚数も少ないが、そこには確かに、たくさんの幸せの瞬間が切り取られていた。

「……あとな、こんなのもあるぞ」

画像を見ながら幸せそうに微笑むミコトから、父が携帯電話を取り上げる。もう少し眺めて浸っていたかったミコトは、少し不満顔をしながらも、更なる期待に胸を膨らませた。父は再び目を細めて操作し、ミコトの手に戻す。

「押してみな」

言われた通りボタンを押すと、動画が動き出した。

いきなり画面いっぱいに、眠っている赤ちゃんの顔のアップが映る。

「ミコトでーす。とっても美人さんでーす」

音質も粗いが、今よりも高くて張りのある、優しい母の声。カメラが引かれると、その声の主、赤ちゃんを大事そうに抱えた若い母が映った。

「何だか、猿みたいだね」

姿は見えないが、動画を撮りながらそう笑う父の声も若い。

「なんてこと言うのよ、ねー、みーちゃん」

母が愛しくてたまらない様子で赤ちゃんにおでこを寄せる。

「だって、本当にお猿さんみたいなんだもんねー」

そう父が言いながら、赤ちゃんの頬を指先で優しく突っつく。すると、

「…くしゅんっ」

突然、赤ちゃんが大きなくしゃみをした。母が、父が、笑う。

その笑い声に目を覚ました赤ちゃんが、まだ見えていないであろう、腫《は》れぼったい目をぱちくりさせたかと思うと、サイレンのようにけたたましく大泣きし始めた。

「ごめん、ごめん」と謝る父。

「お猿さんじゃないわよねー」と、笑いながらあやす母――――。

そこで動画が終わった。日付を見る。父の言いようで表すと、父と母が立つ川岸にミコトが

流れ着いて二日目だった。

　画面が小さく、画像も音質も粗くて見にくいにもかかわらず、ミコトは飽きることなく三回連続で動画に見入った。画面から溢れる幸せに絆《ほだ》されて、またミコトの鼻がぐずり出す。

「もうひとつあるんだよ」

　その様子に気付いた父が、ポンポンとミコトの頭を優しく叩きながら言った。そして日焼けと垢で黒ずみ、ガサガサに荒れた手が伸びてきて、また携帯電話を持ち去る。

　父が操作する間、ミコトは今の動画の余韻を噛み締めるように、遠くに覗く川に目を向けていた。沈みきる前の夕陽が、生い茂る葦を、シルエットで浮き上がらせる。ほら、という声と共に手の上に携帯電話が戻されると、ミコトは大きく息を吸ってボタンを押した。


　どこかの広場。見覚えのある、サンタさんに貰ったピンクの自転車。そしてそれに跨る、白の可愛いニット帽を被った五歳のミコトの姿があった。

「いくよーぱぱ！」

　ミコトが緊張した様子で声を上げる。

「いいよー」

　正面から撮っている父の声。

「ぱぱ、ちゃんと、みててねー！」

「見てるよー」

自転車を漕ぎ出したミコトが、危なっかしくこちらへ向かってくる。父はその間ずっと「ミコト頑張れー！」「大丈夫！　大丈夫！」と叫んでいる。

途中、ミコトの身体が大きく揺らぐ。「ああっ！」と父の声がして、助けようとしたのか、カメラが勢いよく揺れてミコトからはずれる。

そこからカメラはあっちこっち、とんでもない方向を映したまま、「おおっ！」「凄い凄い！」「できるよミコト！」「やったじゃん！　凄いねーミコト！」という興奮した父の声が聞こえるだけだった。

そして、途中の危機を乗り越えて転ぶことなく無事にゴールできたのだろう、「ミコト、やったー！　天才だね！」という嬉しそうな父の声がして、やっと「うん！」と自慢げに鼻を膨らませた赤いホッペのミコトが映像に現れる。そして、自転車から降りた笑顔のミコトが、カメラを持つ父に駆け寄って飛びついた。

「ミコトはほんと凄いんだぞ！」

という父の力強い声に、

「うんっ！」

と嬉しそうに返事をするミコトの声で動画が終わる。日付はクリスマスだった。動画を見たミコトが新たに、はっきりと思い出したことがある。ミコトが何かに挑む前に、そして、何かに失敗しても、成功しても、事あるごとに父が言ってくれた、

「ミコトはほんと凄いんだぞ」

という言葉だ。

「……これ……すっごい覚えてる」

画面から目を離し、父の顔を笑顔で見た時には、すでにミコトの頬は濡れていた。両親の溢れる愛情に対する幸せの涙はもちろんだが、動画の中のあまりにも幸せな日々と、現在の日々を比べての悲痛な涙でもあった。

そして、目の前の父への思い。離婚の理由も、そのあと父がどこでどうやって生きてきたのかもミコトは知らない。しかしどこにいようとも、何をしていようとも、このボロボロの携帯電話に詰まったミコトと母の思い出を、お揃いの白い蝶のストラップと共に、こうして大切に肌身離さず連れ歩いてきた父。

小さくて粗いこの画面の中に詰まった思い出をひとり眺めながら、凄絶な人生を耐え、生き抜いてきたのであろう。その父の胸間を思いやっての涙でもあった。

「可愛いだろ？」

可愛くてたまらない、といった様子で父が声を掛けると、ミコトも笑顔で頷く。

「今もな」

そう言って父が優しく笑う。

「でも、自転車……途中…ぜんぜん…映ってなかったじゃん…」

グスグス鼻を鳴らしながら、ミコトが冗談めかして抗議する。

「ミコトが倒れそうになったから慌ててさ、カメラ持ってるの忘れちゃったんだよ」

「……最初の動画も……わたしを泣かしてたし…」

「……今もな」

もうっ！　っと笑い泣きするミコトに、父が、あの頃と変わらぬ優しい笑顔で応える。河川敷を風が駆け抜け、一面に生い茂る緑がまるでウェーブをする観客のように次々と大きく揺れる。ザーッという葉ずれの音が二人のもとにまで届く。

「……わたしね、パパ」

ん？　と父が穏やかに反応する。ミコトは少し逡巡《しゅんじゅん》した後、静かに続ける。

「あの木」

ミコトが指さすその先には、夕闇をバックに、大きな蜘蛛のように枝葉《しよう》を黒く浮かび上がらせた、あの大木があった。

「あそこの……あの木……あの木で……首吊ろうと思ってここへ来たの」

父は口を開けたまま、瞬きもせずに絶句していた。ミコトは傍に置いたリュックを膝に載せ、中から洗濯物用のロープを取り出した。父が、ミコトの膝の上のロープをジッと見つめる。やがてその視線をミコトに移して、喘ぐように口を開く。

「……どうして――――」

「でも、やめた、やめちゃった！　はい、これ、パパにあげるっ」

父の言葉を勢いよく遮り、ミコトはロープを父の膝にぽんと置いた。

「その汚ない服洗って、これで干して」

父の深刻さを、わざと茶化すかのようにミコトは明るくそう言い放つ。

「ミコト――――」

「大丈夫、死なないっ！」

再び父を遮り、自分に言い聞かせるように言葉を重ねる。

「…死ねないよ…死にたくないよ……死んでる場合じゃないよ…」

ミコトが父を見る。

「…だって…こんなに愛されてるのにさ」

ミコトの言葉に、父が、ああ、と同意の言葉を呻《うめ》きながら、何度も何度も首を縦に振る。

「パパとママに……わたしが愛してるのと同じくらい…愛されてるんだもん、間違いなく」

間違いない、と、ミコトの言葉を力強く繰り返して、父がまた大きく頷いた。

「パパと会った日ね、あの小屋の川岸から、パパに川に突き落とされる夢見たの……笑いながらさ。凄く怖かったけど……今思えばさ、あれって……川岸変えろ！　今んとこから動け！　って、パパが言ってくれてたんだね、きっと」

父は頷……かなかった。しばらく宙に視線を預けた後、ミコトに向き直る。

「……それはパパじゃないよ」

「どういうこと？」

ミコトが不満と不安が入り混じった表情で問う。

「きっと、パパの姿をした…ミコト自身…だと思うな」

「わたし自身？」

「そう………ミコト自身が何か……この場所を変えなきゃ！　っていう…前に進む強い思いがあったから、そんな夢を見たんだと思うよ」

「わたし…自身が…」

「そうだよ、ミコト」

父が少しだけ語気を強めたような気がした。そしてまた、穏やかに口を開く。

「…今、理由は訊かないよ。訊かないけど、死んじゃおう、と……こんなロープまで用意して、死んじゃおうとしたけど……やめたんだな？」

「…うん」

「それは本当だな？」

「うん」

「……〝一生の約束〟だ」

「………うん」

「そうやって、死ぬのやめて、生きるんだー、って決めたのは誰だ？…ミコトだろ。ミコト自身なんだよ、川岸変えたのは。パパがそうさせたんじゃなくてさ。動き回れるんだよ…自分で」

そしておもむろに、両手でミコトの頭をくしゃくしゃっと優しく揉《も》んで言った。

「ミコトは…ほんと凄いんだぞ」

懐かしい感触。そして、さっきの動画にもあった懐かしい言葉。不思議と力が湧いてくる。

ミコトは勢いよく跳んで、お尻をパンパンと手で払う。リュックのファスナーを閉めると、それを背負いくるりと父に向き直る。

「……もっと早く…川岸変えれば良かったんだね……勇気出して…。川に飛び込むか…川岸を歩くかして…」

頷く代わりに、父がニコッと笑う。


「帰ろう、パパ」

ミコトは父の傍の洗濯ロープを自転車のカゴに投げ入れて、スタンドを外した。父もよろよろと立ち上がり、ミコトからハンドルを受け取る。二人で夕闇の河川敷の遊歩道を歩き出す。あの幼き日の散歩以来、父と娘が並んで歩く。

「そうだパパ、写真撮ろうよ」

「いや、いい、いい、パパこんな汚いから」

「なに言ってんの、再会の記念じゃん、ほらっ、それ貸して」

ミコトは父から携帯電話を奪い、嫌がる父を無理矢理引き寄せた。父娘の頬と頬が近づく。夜が迫った空を、寝床に戻るカラスたちが焦ったように鳴きながら飛び去る。

「これ、こうしたらいいんだよね…フラッシュは……設定…あ、これだ、よし、撮るよ、…ほらパパ、もっと顔くっ付けて！　ちょっ、ヒゲ凄いね！　撮るよ？　いい？　笑って。…ちょっとパパ、笑ってってば！…はい、いくよ、撮るよー、はい、チーズ」

フラッシュが光り、カシャーッと大袈裟な音がした。

「うん、いい感じ！　ねっ？」

撮った写真を父に見せる。

「これでパパ、今夜は全然、寂しくないじゃんー！」

そう言って笑顔で肩を叩き、ボタンを操作して写真を保存する。父の携帯電話のフォトファイルに、余りにも長い空白の時を経て、最新の父娘が保存された。

あっ、そうだ！　と、ミコトが鋭く声を上げる。何事かと驚く父をよそに、ミコトは、お互いの蝶のストラップを、交換することを提案した。父の携帯電話にぶら下がり、父のそばにずっといた蝶を、ミコトは家に連れ帰りたくてたまらなくなった。

そしてミコトと共に人生を過ごしてきた蝶は、これからは父のそばにいて欲しいと思ったのだった。ボロボロで汚いから、と渋る父を、ミコトは説得するというよりも、有無を言わさず強引に交換した。

「そう、わたしね、自分がこの白い蝶になった夢もよく見るの」

「蝶じゃないぞ、これ」

父は自分の携帯電話の、付け替えられたストラップを、指で摘みながら言う。

「へっ？」

「蝶じゃないよ。蛾、だ。カイコガっていう蛾だよ」

「が…蛾？…ちょっと待って、蛾って…あの、蛾？」

あまりのショックに脳が追いつかず、ミコトがくり返した。

「そう。シルクの。蚕って知ってるだろ。繭《まゆ》から絹をとる芋虫」

「うん」

「あの芋虫が羽化して成虫になったのが、この、カイコガだ」

そう言って父がストラップを振ると、そうそう、と賛同するように、鈴がチリチリと鳴った。

父が言うには、家族で日帰りドライブに行った帰り、たまたま寄った道の駅が、養蚕の盛んな地域で、関連したお土産が数多く販売されていたらしい。その一画に売られていた、この、カイコガのキャラクターのストラップをミコトがえらく気に入り、三人で購入したということだった。

「えー、蛾なの？　ちょっと気持ち悪い」

ミコトが嫌悪感を隠さずに、アパートの鍵にぶら下がったそれを見る。

「気持ち悪いってなんだ？」

嫌悪感を隠さないミコトの言葉に嫌悪感を示した、そんな父のトーンだった。

「こいつは偉いぞ。こんな小さな体で、人間に欠かせない絹を作ってくれるんだから」

「そうだけどさ」

「人間のために、成虫になれないまま死んじゃうんだぞ」

「知ってる」

ミコトの頭に、ドラマだか映画だかで観た、煮えたった熱湯の中に浮かぶ、鈴なりの白い繭が浮かんだ。

「おかいこさま、だ」

「え？」

「蚕に関わる仕事の人たちは、蚕に対しての感謝と、敬う気持ちから、昔からそう呼んでいるんだ」

おかいこさま…ミコトは口に出してみる。

「それに蚕はな、絹糸を取るためだけに改良されたから、こうやって成虫の蛾になったとしても、飛ぶことはできないんだよ」

「えー！　そうなんだ！」

「そんなに驚いたか？」

「違うの、わたしの夢の中でも、どうやっても飛べなかったの！　そんなの知らなかったのに！」

ミコトはとても不思議な気持ちで、少し前まで父のものだったストラップの蝶…いや、カイコガを見る。純白だった身体は汚なく黒ずみ、羽も触角も口吻も取れ、目だけが残るその姿を見ると、夢の中での、樹液に絡め取られる場面と重なった。

「ただ、な」

父が何か大事なことを言うかのように、言葉を立てた。

「中国で生まれて、今や世界中、至るところにまで〝おかいこさま〟は広まった。飛べないのに、だ。……なぜなら、おかいこさまは飛べなくても、脚はある」

ニカッと笑いかけ父が続ける。

「飛べなくても、歩けるんだ。川岸を変えられるんだ。そりゃ、実際は人間によって運ばれた、と言ったらそれまでだけどな」

ミコトがハッと目を開いた。そしてもう一度、ストラップに目をやりながら、父の言葉を噛み締めた。

「よし、これでわたしも寂しくないや」

自分のスマホでも父とのツーショットを撮り終え、ミコトが言った。

いつの間にか、すっかり夜の帳《とばり》が下り、遠くの空にほんの薄っすら白みが残るだけになった。

土手の階段に辿り着き、二人は立ち止まる。

「じゃあ、行くね。明日また学校終わりで来るよ」

「ああ…無理するな」

「うん」

「駅まで送ってくよ」

「大丈夫、大丈夫」

「もう夜だぞ」

「わたし、もう十七…あ、十八だよ」

ミコトが呆れたように父に言った。

「…大っきくなったんだよ――。あの猿みたいな赤ちゃんは」

そう悪戯っぽい笑顔を見せ、じゃあ明日ね、と、土手の階段に向かおうとしたミコトが立ち止まる。

「……あのさ、パパ、もう一度訊いときたいんだ」

「なんだ？」

「わたしが…わたしが嫌だから出て行ったの？」

「誰がそんなこと…」

「わたしがすぐ泣くから…だから…」

「なに馬鹿なこと言ってんだ！　そんなわけないだろ！」

珍しく声を荒らげた父とは対照的に、ミコトは心の底から安心したように、「よかった」と呟き、大きく息を吐いた。

「パパが出てったのはな――――」

「いいよ。…いい」

ミコトが制する。

「それはいつか、訊きたい時に訊くから……その時まで待って」

「今、言っときたいんだ」

「今はいい！……たとえどんな理由があっても、別れたい時に別れてさ……放っとくだけ放っといて………話したい時に話そうとするのは……すごい…ズルいよ………だから、これは……

わたしが…訊きたい時に訊かせて…ね？」

ミコトが説くように語ると、父は黙って目を伏せ、頷いた。

土手の階段を二段ほど登ったミコトが、立ち止まって振り返る。

「……でもパパ………ありがとね。…川岸に立って見ていてくれて……。ほんと、ありがとね……誰にも…必要のないものになって流れてたわたしを、しっかり摑んでくれて」

また明日ねっ！、と、勢いよく階段を駆け上がる。

「ミコトっ！」

父が叫ぶ。ミコトが階段の中頃で振り返る。

「何が、必要のないもの、だ！　覚えとけ、ミコトはほんと、凄いんだぞ！」

ミコトが微笑んで頷く。

「誕生日、おめでとう！」

ミコトが驚きで息をのむ。

「今日、誕生日だよな！　会えると思ってなかったから、何も用意できてなくて……だから、言いだせなかったけど……一度も忘れてない。十八歳、おめでとう！　そして…ありがとな！……パパとママのもとに流れ着いてくれて、ほんとにほんとにありがとな！」

自転車を支えて立つ父がみるみるうちに、ミコトの視界の中でぐにゃりと歪み出す。その背後のグラウンドも、河川敷も、川も、空も、向こう岸の夜景もユラユラと揺れる。

ミコトは鼻をすすりながら、思いっきり手を振り、階段を駆け上がった。土手の上に着いて下を見ると、さっきと同じ場所に立ったままの父が、手を振っているのが月明かりで薄っすらと見えた。

「また明日ねー！」ミコトも飛び跳ねるように大きく両手を振ると、さっきまで父が持っていたストラップのカイコガも、背中のリュックのポケットで、嬉しそうに跳ね回った。


鍵穴に挿した鍵を回すと、〝おかいこさま〟が揺れて、アパートの鍵が開いた。

今日、父と出会ってなければこうして、ここへ生きて帰宅することは無かったのだと思うと、ミコトは何ともいえない気分になる。

麦茶を飲もうと冷蔵庫を開けると、今朝、母に作ったオムライスと野菜炒めがそのまま手付かずで入っていた。

流し込まれた麦茶が、身体の隅々まで沁み渡っていくのを感じる。口から無意識に漏れた「生き返るー」という言葉に、まさに生き返ったんだ、と、苦笑しながらしみじみと思う。

母が手を付けなかったオムライスをレンジで温め、ケチャップで大きな花マルを描く。それを食べながら、父とのツーショットや、父の携帯電話の画面を撮影した写真や動画を、飽きることなく何度も何度も繰り返し見た。

その夜、また、カイコガになった夢を見た。いつものようにドロドロと迫り来る樹液。ミコトが力いっぱい羽ばたく。しかしいつもどおり飛び上がれない。

ダメだ、そう思った瞬間、突然、羽も触角も口吻もない、父が持っていたあのボロボロのカイコガがどこからか現れ、ヨチヨチと歩き出す。ミコトもそれを追うように力の入らない脚で歩き出す。迫っていた漆黒の樹液が徐々に背後に小さくなっていく。そうだ、飛べなくても脚があるんだ――。

目が覚めたミコトは、宙を見つめたまま小さく頷く。うん、わかってる。ゆうべパパが言ってくれたこと、しっかり覚えてるよ。動き回れるんだよね。いつだって場所を変えられるんだよね。

「ミコトはほんと凄いんだぞ」

ミコトはそう口にしてみる。自らの愚かな決断によって迎えられるはずじゃなかった、新しい幕が、自らの決断によって開いた。

パパ、ちゃんと見ててね――。

父と再会を果たした翌々日、教室のドアの前で呪文のようにミコトは小さく呟く。

五歳のクリスマス。補助輪のない自転車をパパに向かって漕ぎ出した、あの動画の中のミコトが口にした言葉だ。握りしめたアパートの鍵、そこにつけられた〝父の〟カイコガを見つめる。小さな目が、真っ直ぐミコトを見つめ返していた。

「ミコトはほんと凄いんだぞ！」

そう言う一昨日の父の顔が浮かぶ。こみ上げるものをぐっと抑え、鍵を大事にリュックにしまう。そして胸がパンパンになるまで大きく息を吸い込んだ。ホームルーム前の教室に入るなり、吸った息に言葉を乗せて一気に吐き出す。

「おはよー！」

教室に響き渡ったそれは、もはや挨拶ではなく、道場破りの、頼もう！　のように勇ましかった。あまりの気合いの入った挨拶に、教室内にいた生徒たちはもちろん、廊下にいた生徒たちもビクッと身体を震わし、何事かと各々その体勢のままで、動きを止める。

そしてその声の主が、学年が変われど、クラスが変われど、あれからずっと自分たちが〝無〟に扱っていたミコトだとわかると、より一層の驚きがさざなみのように伝播《でんぱ》した。

止まった時間が動き出さないまま、静まり返る教室。皆の緊迫が伝染したかのように、一気にミコトの身も強張る。続けて、いつもの弱気がムクムクと顔を出した。手が脚が身体が震え出し、心臓が苦しげにのたうつ。

上流から流れてきた大量の廃棄物が、岸に立つ自分の足下に次々と絡みついてくる感覚に陥った——その時。教室の窓の向こう、霧雨がキラキラと反射して輝いて見えた。ミコトは目を見開いた。魔法の粉だ！　サンタさんがお星さまを削って作った、何でもできる、魔法の粉！……いや、違う。ダメ！　違う！　違うんだよ！　私が自転車に乗れたのは、魔法なんかじゃなかったの！　私の力。すべて私自身の力！

ミコトはあの言葉を呪文のようにつぶやく。

「…ミコトはほんと、凄いんだぞ」

うなだれていた勇気がググググと頭をもたげ始めたのがわかった。強張っていた両手の拳が優しく弛む。よし……歩ける。足下に絡みつくゴミを蹴散らし、草を掻き分けて、蛇を踏みつけて歩くんだ。

岩につまずいて転んでも、イバラに掻かれて血が出ても、羽が破れても、触角がちぎれても、口吻が取れても、この川岸から動くんだ！　さあ、動く――――。

「おはよー！」

もう一度高らかにミコトの声が響く。間を置かず振り向き、続けざまに「おはよー！」と、廊下の生徒たちにも笑顔で挨拶する。「おはよー」「おはよー」まるで選挙期間中の候補者のように、誰彼なくクラスメイトたちに声をかけながら、窓際の自分の席に向かう。

ミコトの真後ろの席で、口をポカンと開けたままミコトを目で追っていた、杉本《すぎもと》という男子生徒と視線が交わる。スマホを持つ杉本の手が宙で止まったままになっている。

「おはよう、杉本くん！」

ミコトが挨拶すると杉本が小さく飛び上がるように驚き、慌ててスマホに目を逸らす。

「杉本くん、おはよー！」

ミコトは動じることなく、もう一度、そう繰り返して笑顔で覗き込む。すると、

「……おう…」

杉本は面倒くさそうに、目線をスマホから一瞬、ミコトにスイッチした。面倒くさそうでも、不機嫌そうにでも、そっけなくても、反応してくれたことが、心から嬉しかった。ミコトから「ありがとう、杉本くん！」と躍るような声が出ると、杉本はスマホを見たまま「んー」と、

返事とも、呻き声ともわからない、低い声を上げた。

　席に着いたミコトの全身が再び大きく震え出す。しかしそれは、さっきの、いつもの、これまでのような、恐怖や絶望からくるものではなかった。

　それは、これからは勇気を持って川岸を歩く、というミコトの決意によって奮い立った、六〇兆個を超える全身の細胞の決起集会が起こした、盛大な武者震いであった。

この前日

「死にたい」という言葉が、目覚めたミコトの口から出なかったのは、いつ以来だろうか。枕元のスマホを見ると、アラームの時間よりかなり早かった。ゆうべ夜遅くからまた降り出した雨が、カン、カン、とアパートの鉄階段を叩く音がする。カーテンと窓を少し開け雨脚を窺う。

これくらいなら徒歩じゃなく、レインコート&自転車でいけそうだ。ミコトは小さく息をつき、窓を閉めた。ベッドの上で壁にもたれて座り、スマホを開く。新たな待受画面には、ぴったり頰っぺたを寄せ合った、満面の笑みのミコトと、照れてぎこちない笑顔の父。その写真に、おはよう、と小さく声を掛ける。

アラームを解除して、写真のアルバムを開く。ゆうべ、数え切れないほど眺めた写真と、繰り返し見たせいで、会話を全部そらんじることが出来るようになった二本の動画を、また見る。飽きもせず、ミコトから小さな笑い声が溢れた。それに気付き「キモいって」と、自らに言い放つ。しかしその顔からは、幸せな笑みが消えないままだった。

一通り見終わり、満足するとベッドから降り、大事な大事な幸せが詰まったスマホを、まるで赤ちゃんを取り扱うように優しく置く。ふすまを開ける。いつもの匂いが飛び込んできた。あれほど嫌でたまらなかったそれが、今日はなぜかあまり気にならなかった。

台所の窓を開ける。初夏の湿った生暖かい空気と雨の音が、格子の間からとろりと入ってくる。ミコトは大きく伸びをすると、また、幸せそうに微笑んだ。

昨日に続いて、お弁当は我が家のお祝いの定番、オムライスにすることにした。今日もある意味、誕生日だと、そう思ったからだ。新しいミコトが誕生する日。昨日、父が言ったように、今日、夢で見たように、違う川岸から川を眺めるために、自分で川岸を歩いて立つ場所を変える、おめでたい日。

台所で調理しながら、昨日、川で父と交わした会話を思い出す。

「…あ、お弁当とおにぎりな……」

「ん？」

「あれ……美味しかったよ。…ほんと、美味しかった……食べながら…泣いたんだ」

「大袈裟だよー」

「大袈裟なもんか……娘の…初めて食べる娘の手料理だぞ…」

思い出してもとても嬉しくて、そして、なんだかとてもくすぐったくって、フライパンを手に肩をすくめる。こんなに楽しく幸せな気持ちで料理を作るのは、初めてだった。

お弁当。母の分。そして、父の分。三つのオムライスが完成した。夏場なので二人分は冷蔵庫に入れておく。一つは学校終わりでいったん帰宅して、父の小屋に届けるつもりだ。ミコトは何かを思いついたように、リュックから出したノートを破いて、ペンを取った。

【ママへ
昨日は誕生日だったよぉ！
18才になりましたよぉ！
また忘れてたでしょ😁
罰として二日続けてのオムライスと野菜炒め😁
ママがいつも作ってくれたのには負けるけど
なかなかおいしいよ。
冷蔵庫にあるから、チンして食べて。
花マルの描いてる方がママのだから。

産んでくれてありがとう。
育ててくれてありがとう。

みことより】

ドキドキしながら書いたその手紙を、読み返す勇気はミコトには無かった。慣れない気恥ずかしさに、文面を隠すように重しのスプーンを置く。

ミコトは、ぴったり閉じたままの母の部屋のふすまを見つめる。そして、冷蔵庫からケチャップを取り出し、一つのオムライスに大きな花マルを描く。ケチャップがつかないよう、器用に立体マスクのような形にラップを掛け、冷蔵庫にしまった。リュックを背負い、また、母の部屋のふすまを見つめる。そして「…じゃあ行ってくるね」と小さく呟いて、ミコトは玄関に向かった。


家を出た時にはまだ残っていた小雨が、自転車で駅に着く頃にはもうすっかり上がり、レインコートに付いた水滴はほとんど消えていた。今はもう、電車の窓から見えるコンクリートのような色をした曇天の隙間に、晴れ間まで見えている。気だるい熱と、粘りつくような湿り気で蒸せかえる満員の車内が揺れる。

ミコトはいつもとは反対側の馴れない場所でいつもの暴力的な塊に押し潰され、もがいていた。いつも乗る側では、父の小屋が見えないからだ。かといって、河川敷の高い草木に埋まって、見えるかどうかはわからなかったが。

たとえ見えなくても、今日、川岸を歩いて場所を変えることを決断したミコトは、少しでも父を感じたかった。工場の煙突から煙が立ち昇るのが見え、屋上の壁に大きなロゴを貼り付けたスーパーを過ぎた。もうすぐ鉄橋だ。

小さなミコトが人波に埋まりながら、目の前の曇ったガラスを手でこする。何となく、父も河川敷から、ミコトが乗るこの電車を見ているような気がして、少し心が躍る。カーブで電車が揺れ、中身を搾り出そうとしているんじゃないかと思うくらい、ドアに強く押し付けられた。

その時、急に電車のスピードが緩んだのがわかった。すると、おぉ、とも、あぁ、ともいえない声が、そこかしこから車内に漏れる。と、同時に、ミコトの目にスローモーションのようにゆっくりと景色が飛び込んできた。

――――その視線の先、鉄橋から見えるあの川が濁流に変貌し、うねっていた。

「河川の氾濫《はんらん》で安全のため徐行運転を――――」

放心したミコトの耳には車内アナウンスはおろか、もはや、何の音も届いていなかった。あののどかな景色は見る影もなく、昨日まで確かに存在していた河川敷は、余すところなく土色の激流に飲み込まれていた。

父と再会した昨日の夜――――。

ミコトは熟睡していて気付かなかったのだが、夜になっても下がりきらない大気の温度が、夜中に短時間の激しい集中豪雨を呼んだ。その雨が大量に流れ込み氾濫した川が、あっという間に河川敷を飲み込んだということを後から知った。

呆然とドアを見つめていたミコトは、突然、言葉にならない言葉を泣き喚《わめ》きながら、目の前のドアをガンガンと殴り出した。そしてそのまま、意識を失い崩れ落ちた。

乗客の通報によって、快速列車は普段は止まらない次の駅に緊急停車した。駅員の適切な処置によってミコトはすぐに意識を取り戻した。しかし、ただただ声にならない嗚咽を漏らすだけで、駅員や、救急隊員の問いかけに受け応えできる状態ではなかった。そして救急隊員の判断により、救急車で病院に搬送された。

搬送先の病院で、大きなショックやストレスによる血管迷走神経性の失神だという診断を受け、落ち着きを取り戻したミコトのもとに、連絡を受けた母が駆けつけた。

ベッドに横たわり、点滴をしているミコトの隣で、看護師による病状説明を受けた母が「ありがとうございました」と頭を下げる。点滴が終わったらこのボタン押してください、と声を掛けて看護師が出て行くと、落ち着きを取り戻しつつあったミコトが、かすれた声ですまなそうに母に声をかけた。

「…ごめんね、迷惑かけて。…起こしちゃったよね」

「…で、大丈夫なの？」

「…うん…余計な病院代かかっちゃったね…」

「……ほんとだよ」

母は鬱陶しげにそうボヤいた後に、ま、しょうがないけど、と、付け足した。いつもと違い、気遣ってくれるようなその母のひと言が、逆にミコトを心苦しい気持ちにさせた。

「…ママ」

天井を見つめながら、ミコトが言うと、何よ？　と母が答えた。

「…点滴終わったら……一緒に行ってもらっていい？」

「はぁ？　そんなのでどこ行く――――」

今まで見たことないほど、思い詰めたような表情の娘を目の当たりにした母が、言葉を途中で止めた。

「……家に帰る前にね、一緒に…行ってもらいたい所があるの」

母がしぶしぶといった感じで頷いた。それが合図かのように、ミコトが、ふう、と大きく息を吐き、とつとつと語り出す。

学校でのことや、自ら命を断とうとしたことはもちろん言わないでおいたが、父とのことは、胸が苦しくなりながらもすべてを話した。二年前に川に行った時に、河川敷の小屋に住むホームレスに会ったこと。昨日、二年ぶりに川に行くとそのホームレスにまた会ったこと。そして、そのホームレスは…なんと父だったということ。

そして、さっき、電車から見た父の小屋があるその河川敷が濁流に飲み込まれ、跡形もなく消え去っていたこと――――。

最初は訝しげに聞いていた母は、やがて身が仰け反らんばかりに驚き、時折、苦しそうに大きく息を吐いた。ミコトが昨日撮った父との写真を見せると、母はそのスマホを手に取り、長い間、無言でその写真に見入った。

見たことのないような母のその柔らかい眼差しに、ミコトは、父がいた頃の幸せに身を置く、動画の中のあの母のかけらを感じた。

すべてを語り終えたミコトと、すべてを聞き終えた母は、残りわずかとなった点滴から落ちる滴を、放心したように、ただただ無言で見つめていた。

病院を出たミコトが母を伴ってまず足を運んだのは、警察署だった。

担当してくれた警察官に、浸水した河川敷に小屋があって、五匹の猫と共に、ひとりのホームレスが住んでいたこと、そしてその小屋が跡形も無く消え去っていたことを話した。その警察官によると、今現在入っている情報では、今回の豪雨による死者も行方不明者も無く、特に捜査や捜索は行われていない、ということであった。

そして、警察署では小屋の存在は把握していなかった上、集中豪雨も真夜中だったこともあり、小屋の住人には直接、避難指示は出していない。しかし、あの雨脚で河川敷にいたなら、すぐに異変を感じて早々に避難するであろう、という見解であった。

それでも、ミコトがその人物の娘で、行方不明者届を出したい旨を伝えると、心良く応じてくれ書類を作成するためのいろいろな質問を受けた。

父の名前や生年月日や血液型を母が答える。背はどれくらい？　太ってる、痩せてる？　髪型は？　他に身体的特徴はある？　服装は？　などの質問には、ミコトがスマホの写真を見せながら、細かいところは補足した。

「あと、所持品のウエストポーチの中に入ってた物なんかはわかりますかね？」

「えと、携帯…シルバーの古い携帯電話が入ってました。昔の古い折りたたみ式の。もう使えないんですけど」

けいたいでんわ、シルバー、と、ミコトが出した情報を、確認のためか警察官が声に出しながら、書き込んでいく。

「あ、あと、携帯にストラップが付いてます」

そこまで言って、ミコトはリュックからアパートの鍵を取り出した。

「これと…一緒のです…これはボロボロですけど…カイコ…あ、白い蝶みたいなストラップです。これに羽がついてて——」

黙って聞いていた隣の母が、少し驚いた顔をした。ミコトはそれに気付くこともなく、父のためにどんな細かい情報でも削り出そうと、自らの記憶中枢をフル稼働させ続けた。

そのあと二人は、途中下車して川に向かった。しかし、土手の階段は、黄色と黒にペイントされた立入禁止のバリケードとロープで封鎖され、使えなくなっていた。仕方なく、二人は土手には上がらずに、上流の橋の上に移動する。

一面、コーヒー色にうねる濁流。河川敷が完全に水没して対比する物が無いため、父の小屋のあった場所の見当が全くつかず、途方に暮れたように、ただただ、二人で黙って濁流を眺めるしかなかった。

鉄橋の下、ミコトが命を断とうとしたあの大木が、必死に助けを求めるかのように、水面から出た枝を激しく振り動かしていた。

二人がアパートに着いたのは夕方だった。帰りの道すがら、母とミコトの間で会話が交わされることは、ほとんどなかった。

母に遅れてミコトが部屋に入ると、キッチンのテーブルのそばで母が手に取った紙を凝視していた。すっかり忘れていたが、今朝、自分が書いた手紙だとミコトが気付く。

「あ！　それ違うの！　うん、なんていうか、別に意味無いから。適当だよ、適当」

決まりの悪さに、引き攣った照れ笑いを浮かべながら、ミコトが手紙を奪おうと手を伸ばす。

しかし母は手紙から視線を外すことなく、拒絶するように瞬時に体の向きを変えた。

「いや、ほんとに。朝、寝起きの変なテンションでさ…なんか……たまに手紙とか書いたら面白いかな、とか思っちゃって」

精一杯おちゃらけた感じで言葉を続けるが、母は手紙を持ったまま、黙って自分の部屋へと入って行った。その後、ミコトが部屋着に着替えてキッチンに戻ると、身の置きどころがなさげに、母が突っ立っていた。

「今日…店休む」

ミコトに気付いた母が、ぶっきらぼうにそう言った。

「…昼間、寝れなかったもんね…ごめんね」

「…それは別に…どうでもいい」

「ご飯は食べる？」

ミコトが訊ねると、母は一瞬、躊躇したのち、ポツリと言葉を漏らした。

「ん……作ろうかな…久しぶりに」

母が仕事を休んだ理由を理解したミコトは、仰け反らんばかりに驚く。ショッキングな出来事が起こり、不安と心配に絡みつかれている娘のそばにいようとしてくれているのだと。

「…私はほら、あんたが作ってくれたオムライス食べるけど…あんた…何食べたい？」

何食べたい？　その言葉の陰から、幼き頃の〝やさしいママ〟が、久しぶりにチラッと、顔を見せてくれたような気がした。

「…じゃあ、わたしもオムライスがいいかな」

「…誕生日だったんだから…なんか、もっとこう…あるでしょ」

「誕生日だから、だよ。…誕生日だから」

母が、わかったわよ、と言ってキッチンの蛇口で手を洗う。

「あ、そうだ、卵、無いんだった！」

「はぁ？」

「今朝、使い切っちゃった」

「もう……買ってくるわ」

面倒くさそうにそう言い、母がアパートを出て行った。ごめんね、気をつけて、と母を見送ったミコトは、わずかに笑みを浮かべ、キッチンに戻り冷蔵庫を開ける。

卵パックには、卵がまだ三つ残っていた。母を一時的に外出させるために嘘をついたのだ。父の分のオムライスも冷蔵庫にあることは母は知らない。それを見つけた母が「二人分あるならこれ食べたらいいじゃない」となるのを避けたかった。

自分の足で川岸を変えると決めた、新しいミコトが誕生した記念すべき日。まったく予定してなかったとはいえ、こうなると、どうしても母の手作りのオムライスで祝いたいと思ったのだ。

お弁当のオムライスも手付かずであったことに気付く。しかしさすがに、梅雨のこの時期に一日中、リュックの中に置かれたものなので、後ろ髪を引かれる思いで、泣く泣く廃棄した。

今朝作った、付け合わせの母と父、二人分の野菜炒めと、父の分のオムライスを冷蔵庫から取り出す。野菜炒めを一つのお皿にまとめ、オムライスはラップでいくつかのおにぎりに握り変え、保存食用に冷凍庫に入れた。空いた食器を綺麗に洗い水切りかごに立てる。これで準備万端、母の帰りを待つだけだ。

「ちょっと、あるじゃない、卵！」

帰宅して冷蔵庫を開けた母がそう言って、勘弁してよ、といったふうに溜息をつく。えー、ほんと？　ごめんなさい、と精一杯すまなそうにミコトが顔をしかめる。

「いいから、卵、割って溶いて」

ボウルに二個の卵を割り入れ、かき混ぜ過ぎないように菜箸で切るように溶く。幼い頃、母が教えてくれた極意だ。溶きながら、隣に立つ母を見る。こうして並んだのもいつ以来だろう。自分が大きくなったというよりも、母が小さくなったように感じる。

シンクの蛍光灯に照らされ、至近距離で見る母の顔に細かい小皺が浮き上がっている。白髪染めの染め残しの部分や、伸びた生え際の白い部分も目についた。

「なにボーッとしてんのよ、早く貸して！」

母はミコトからボウルを受け取り、手際よく塩、胡椒《こしょう》、牛乳を混ぜ入れ、一気に溶けたバターが待つフライパンへと流し入れた。

テーブルの上、野菜炒めとコンソメスープ。そして、母のはレンジで温め直したやつだが、お互いがお互いのために作ったオムライス。そして両方ともに、これもお互いによってケチャップで大きな花マルが描かれていた。

「いただきます」

「いただきます」

お互い相手が先にスプーンを入れるのを待ったため、お互いのスプーンが止まる。

「ちょっ、先食べなさいよ」

「まずママから食べてみてよ」

「主役はあんたでしょう。さ、早く。……久しぶりだから腕が鈍ってるかも知れないけど」

母が心配そうに見つめる中、ミコトがスプーンを入れる。卵の皮が破れ、ケチャップライスから湯気が立ち昇る。ひと口サイズに切り、掬い上げたのを口に運ぶ。

「……んふ」

ミコトの鼻から風味と笑顔が漏れた。懐かしい味と、懐かしい幸せの空気に、身体中を満たされる。

「…美味しい。なんか悔しいな。何が違うんだろ？」

続いて母が、ミコトの作ったオムライスを口に入れる。

「どう？」

「レンジで温め直したから、どうしても卵の固さがね……ん、でも味は美味しい」

「…でも、やっぱり、ママのだわ……」

ミコトが悔しそうに溜息をつく。

「お祝い、っていったらオムライスだったよね……いつもこうやって花マル描いて……楽しい思い出しかないもん、オムライスって……」

心から幸せそうにオムライスを口に運ぶミコトに、母が口を開く。

「……ありがとね」

「ん？」

「…ほら…手紙よ」

「あー！　やめてやめて！　適当だって、あんなの！」

ミコトはぶり返した尻こそばゆさに身悶えしながら、大袈裟に声を張り上げる。

「……あと、ごめんね」

「何が？　何が？」

「ほんとに…………ごめん……ね」

母の口から震えた声が漏れる。幼い頃に何度も聞いた言葉と表情に、ミコトが固まる。

「……ずっとずっと……ずっとずっと、ごめん…ね……。ぜんぶ、ぜんぶ……ごめんね……ぜんぶ……ごめんね…つらかったね……ずっと、ずっと…つらかったね……ごめんね……ごめんね……」

そう言って母はミコトの傍に来ると、おもむろにミコトの頭を抱きしめて、リミッターを外したように泣き出した。

いつ以来だろう。優しく母の懐に抱きしめられたミコトが、心の中で母に語りかける。

ママも————ママも、私と同じように誓って生きてきたんだね。どんだけ辛くても、どんだけ苦しくても、二度と他人の前で涙を流さない、って。

母が、ごめんね、をくり返しながら突っ伏した。ミコトは、白いものが目立つ母の頭を撫でる。いつかの小学生の冬の日、電気ストーブの前で母に同じようにこうしたことを思い出す。

そうだ、確かにあの時も、こう心の中で語りかけていた。

————ママ、ミコトと一緒だね。

懐で丸まって身体を震わす母を、ミコトは穏やかな顔でひたすら優しく撫で続けた。


母が、やや落ち着きを取り戻すと、寄り添うミコトをしっかりと見つめ、正座をした。

「…きちんと謝らせて…」

もういいって、とミコトが母の膝に触れながら微笑みを向ける。

「全部……あんたの…せいにしてきたの……あの人が出て行って………生活も……仕事も……うまくいかないことは何から何まで……関係ないことまで、全部…」

母は耐えきれない様子で俯いた。でもまた、罪深い自らを晒すようにしっかり顔を上げ、ミコトを見つめ直した。

「そうしないと…そうしないと……気が変になりそうだった」

母の瞳から雫がこぼれ落ちる。

「全部…わたしのせいだとわかっていたけど……なのに、子供のあんたに…まだちっちゃい我が子に……全部」

聞いているミコトの表情からは、何も読み取れない。

「生活するために…稼ぐために必死で……でも働いても働いても……あんたに…人並みな思いもさせてあげられないどころか……逆に……寂しい思いとか…辛い思いとかを、させ続けていることに……耐えられなくなったの…」

瞳から涙がこぼれ続け、呼吸も苦しそうに乱れ始めていた。それでも母は、積み重ねた自らの罪業をきちんと娘に伝え、裁きを受けるために必死で言葉を重ねる。

「…それなら…いっそ、って……逃げたの……〝母親〟ってことから……」

母が正座した自分の膝に、爪を突き立てる。

「逃げて、逃げて………自分の苦痛を忘れるためだけに逃げて……自分が何かにすがりつくために、すがりつく我が子を振り払って！」

爪を突き立てていた膝を、今度は両手で殴りつけた。ママっ！　ミコトがその手を取り、ぎゅっと握った。

「親らしいこと…しないどころか………わが子を……苦しめて…苦しめ抜いて……ほんとに……ほ…ほんとに…ごめんね……ごめん…ね…」

母が、土下座をするようにミコトの膝に頭を擦りつけてうずくまった。そして、再び涙の濁流に身を沈める。このまま母の嗚咽だけが続くかと思われたその時。

「…逃げてないよ…ママは逃げてない」

ミコトが母の背中をトントンと叩く。

「…上手く言えないけど……苦しんだのはさ…逃げなかった証拠だよ……。逃げなかったから…逃げられなかったから、ずっと、ごめんね、って、わたしに謝ってたんじゃん。ずっとわたしと一緒にいてくれてるじゃん、母親として。…今もさ。でしょ?」

母の泣き声が大きくなる。ミコトは涙声で、もーっ！　ママのせいでオムライス冷めちゃったじゃん！　またあっため直さないとじゃん！　と言いながら、自分に抱きついて涙する母の背中を、少し強めにパシパシと叩いた。

「…明日はバイト?」

くちびるについた、食後のショートケーキの生クリームを舐《な》め取りながら、母が訊ねた。ミコトは気付かなかったが、母が卵を買いに出たついでに、誕生日だったから、と、奮発してこっそりケーキを買ってきてくれていたのだ。

「何で?」

ドキリとして、好物のモンブランの山肌を大事に削っていたミコトのフォークが止まる。

「休みだったら……誕生日だったし…お店前にちょっと付き合ってよ」

「…休み…っていうか……ずっと……休みっていうか……」

「え？　とうとう潰《つぶ》れるのあそこ⁉」

「……ん……あ……んー、えっとね……なんか……昨日で〝終わる〟……って決め…決まったから辞めたんだけど……なんか…また急に……〝終わりません〟ってなって……」

「何それ！　人騒がせっていうか、勝手過ぎるでしょ！」

まさか命を断とうとしたミコトが、自ら辞めたとは思うわけもなく、母がバイト先に憤慨する。

ミコトは母のその言葉を自分に対しての言葉に置き換え、心の中で工場長に謝りながら、

「……ほんとに勝手過ぎるよね…」と、苦笑いで自虐の相槌《あいづち》を打った。

「…なんか……欲しいもの…ある？　高いものは買えないけど…さ」

「…ん、別にないかな」

ミコトはそう答えてすぐに、あ、やっぱり、と、言い直した。

「昔のさ……パパの…写真とか残ってないの？」

「写真は……無いな」

母が少し申し訳なさげに声を落とす。

「そか」

「うん」

しばらく思案するように、宙に目をやっていた母が、おもむろに立ち上がり、自分の部屋から携帯電話を手に出てきた。

「昔の携帯は取ってあるけど……たまたまね。…なんか…捨て方わかんないでしょ、こういうの」

なんとなく、言いわけがましくそう言って、ピンクシルバーの折りたたみ式の携帯電話をミコトに見せた。それは、父と全く同じ型で色違いのものだった。すると、母の手に押さえられていた何かが垂れ落ち、鈴の音と共に白いふわふわの物体がぶらん、と現れた。

「!!」

母のも口吻は取れてなくなってはいたが、羽も触角も、そして何より、純白のふわふわを限りなく保っている、あの、カイコガのストラップであった。

「ママ！　それ――――」

「……え？　ああ、これね。………ずっとこれに着いたままだったからね……別に…大事に置いてた訳じゃないからね、あんたとか…〝あの人〟みたいに」

居心地悪そうにそう話して、テーブルの自分の場所に座り込む。

「…〝いっしょうのやくそく〟のストラップ」

ミコトが悪戯っぽい笑顔でそう言うと、母が驚いたように目を見開いた。

「ママも……守ってくれてたんだね、ミコトとの約束」

「……守ったっていうか……ん、まぁ…千本も飲めないし、針」

母がバツ悪そうに口にした言葉が、父とまったく同じだったので、ミコトが思わず驚きの声を上げる。

「凄いね！　夫婦って！」

「はぁ？　何が？」

「…え？………べーつにぃー」

「何よ、気持ち悪い！」

笑い声をたてるミコトに、「あとさ、夫婦じゃないから！　元よ、も・と！」と、ムキになったように母が声を上げる。今日はお酒を飲んでいないのにもかかわらず、母の頬にほんのりと赤みがさすのを、ミコトは見逃さなかった。

「ママ、なんで赤くなってるの？」

「バカ言ってんじゃないわよ！　怒るよ！　えーと、あれ？　どうするんだっけ？　違うな……やっぱり十年以上触らないと……何か…使い方忘れてる…」

そうブツブツ言いながら携帯電話を操作する母を、ミコトは溢れ出る笑みを必死にこらえて見守る。

（…ママ。十年以上充電いらずの携帯電話があったら、ノーベル賞モノだよ――――）

母の携帯電話のフォルダには、父のとは比べ物にならない、沢山の母がいて、ミコトがいて、そして、父の携帯電話にはいなかった、父がいた。やっと会うことができたあの頃の父はさわやかで若々しく、ミコトが会った父とはまったくの別人だったが、笑うと無くなる目だけは変わらなかった。

寝返りして、ハイハイして、立って、走って、笑って、泣いて、踊るミコトのそばには、いつも父と母の笑顔と笑い声があり、見る写真、見る動画のすべてから幸せが溢れていた。ミコトが鼻を啜りながら、母を窺う。母も父と同じように人知れず、大切で幸せな思い出を毎日のようにこの古い携帯電話で眺めてたんだろう。そしてこの頃の幸せを糧に、それからの苦難続きの毎日を生きてきたのであろう。父やミコトと同じように。

「幸せそうだね……三人とも」

画面を見つめるミコトが微笑みながらそう呟く。そして、父の携帯電話からもそうしたように、スマホで、母の携帯電話に保存されている写真と動画を撮影した。そのあと、ミコトが昨日撮った父とのツーショット写真を改めて母に見せた。

「……警察でもチラッと見たけどさ……ひどい顔……」

「昔はカッコよかったのにね」

「は？　目も頭も大丈夫？」

「あとでＬＩＮＥ復活させて、この写真送ったげるよ」

「いらない！　本気でやめてよ！」

大袈裟に顔をしかめる必死な母が、ミコトには少女のように可愛く見えた。

「今思ったんだけどさ、このパパ、これに似てない？」

ミコトが母の携帯電話にぶら下がったカイコガを摘む。

「ほら、髪も髭も白いし、髪もボサボサだから触角にも羽にも見えるし！」

「…んー、なんとなくわかるかも」

「ね！　パパは、おかいこさま、だ！」

ミコトが母の携帯電話を持ち上げると、同意の返事なのか、それとも拒否の抗議なのか、カイコガが揺れて鈴がチリチリと鳴った。

「……そうだ、プレゼント…これが欲しいかも」

「えっ携帯？……それ…それはあれよ、ダメよ。だって、もう使えないし」

「違う違う、このストラップ」

捨て方が分からないからたまたま残してあったと言ったくせに、思い出がたっぷり詰まった携帯電話を必死に守ろうと焦る母が愛おしくて、ミコトが笑う。

「……ああ…なんだ、これ？」

「そう。ダメ？」

「てか、あんたも持ってるじゃない、これ」

「うん、わたしのと交換して欲しいの」

「交換？　なんで？」

「あのね、待ってて――」

そう言い残して立ち上がったミコトが、自分の部屋からアパートの鍵を持ってきて母に見せた。父が持っていた、ボロボロの〝カイコガらしきもの〟が、母の視線の前で揺れる。
「これね、これ、昨日、わたしのとパパのを交換したんだ」
ミコトが母に鍵を差し出す。
「だからこれは、パパが持ってたやつなんだよ」
それを手に取り、眺めながら指で触れる母の目が、ほんの一瞬だけ、優しげに緩んだ。
「……ほんと、汚ったない…警察でも見たけど、原形ないじゃん」
「ママとわたしが交換したら、三人がそれぞれのを持つことになるじゃん」
「えー、やだやだ！　こんなのいらない…これはあんたが持ってなよ」
「ん……でも、わたしもこんなボロボロのは、やだし。ママは使わない携帯に付けるんだから
いいじゃん。………それにさ、次……いつか会った時にさ………わたしじゃなくママが持って
たら、パパどんな顔するか面白いじゃん」
父や母が、何を思って、どう生きてきたのか、ミコトにはわからない。でもそれは、父も母
も同じで、二人も、ミコトのことを知らない。
それはお互いがお互いに、心配かけまい、悲しませまいと思うあまり、捕食者にえぐられた
傷の激痛や苦しみに、決して悲鳴を上げず、必死に隠し通してきた、いわば功績だ。
そんな三人それぞれの人生をそばで見てきたであろう、この小さなカイコガこそ、お互いの
傷や苦しみ、悲しみを、ほんの少しだけでも共有できる唯一のアイテムだと、ミコトはそう思
ったのだ。大事な群れだから、大切な家族だから、お互いのそのカイコガをそばに置いて、こ

れからの人生を歩んで行きたかった。

「いらないってー……そんないうなら、これもあんたが持ってなよ」

母がミコトの手のひらに、アパートの鍵を戻し、自分の携帯電話からストラップを取り外しはじめる。

「え、なんで？」

「………それ……あの人みたいにボロボロのそれが…なんか一人…一匹じゃ可哀想だし」

母が悪戯っぽく笑いながら、外したストラップを指で摘んで差し出した。

「わたしのやつだけ、パパのもとでひとりぼっちになるじゃん」

「……きっと…そのうち里帰りしてくるんじゃない？……大きくて汚い、飼い主の〝おかいこさま〟と一緒にさ」

母娘二人で笑い合う。

「じゃあその時は、三人でオムライスだ」

ミコトがそう笑い掛けるが、母は何も言わずに笑みを閉ざした。

「……あのね、ミコト…」

母に、あんた、ではなく、名前で呼ばれたのはいつ以来だろう。そして覚悟を決めたような母の声色と表情に、ミコトは何かを察して身構える。

「なに？」

「…ちゃんと言ってなかったけど…」

「待って！」

ミコトは母の言葉を切り、静かな、しかし強い視線を母に送る。

「……間違ってたらごめんね。もしかしてママも……二人がどうして別れたか、とかの話、しようとしてる？」

何も言わない母の表情が、そうだ、と告げていた。

「やめて！」

母に向けた眼差しと言葉に、より一層、強い光と意志が宿る。ミコトが母を見据えたまま続ける。

「パパが出てった時に……もう、ママが教えてくれたよ」

「え？」

「…わたしが泣くからでしょ？　……わたしが……わたしがすぐに泣くからなんでしょ？」

覚えていないのだろう、母が困惑しているのがわかった。

「…ママは…覚えてないかも知れないけど…わたしが……泣くから……わたしがすぐ泣くのが嫌でパパが出て行ったって……。パパが帰ってこなくて泣いてた五歳のわたしに……ママは、そう言ったんだよ」

買い物帰りだろうか、外食帰りだろうか。開け放たれたキッチンの窓から、何やら一生懸命に両親に話しかける、幼い女の子の弾むような声が飛び込んできて、遠くに去って行った。

「……もし……それが…それが原因じゃないんだったら……言わないで。……パパもね…昨日パパも言おうとしたから…わたし、言ったんだ……わたしが訊くまで黙ってて、って。………お願いだから……お願いだから二人とも……勝手に言おうとしないでよ……勝手にさ……勝手に……」

ふらりとミコトが立ち上がる。

「わたしが訊くまで黙ってて、って！　いつかわたしが訊くまで！　それまで黙っててよ！　勝手に……勝手に言わないで！　〝今度は〟、わたしが――わたしが決めるから！」

母を見下ろすようにして、荒い呼吸をくり返しながら思いを吐き出した。初めて見るような娘の言動を、黙って見つめながら聞いていた母も立ち上がり、頷きながら、ミコトの両腕を上下にさする。そして、落ち着きを取り戻したミコトが力なく座り込むと、まるでミコトを再び自分の胎内に宿すかのように、頭を優しくお腹に抱え込んだ。

高校三年生・3月　卒業式

高校一年生でミコトがつまはじきにされてから、ミコトに対する同級生たちの態度は、結局、卒業するまで大きく変わることはなかった。

が、父が河川敷から姿を消したあの日の翌日、まるで道場破りのように教室に飛び込み、挨拶して回って以来、少なくともそれまでのように、ミコトを〝無〟として扱う者はいなくなった。かといって、コミュニケーションをとってくる生徒もおらず、相変わらずいつも孤立していた。

それでも、あの日から〝川岸を歩いて立つ場所を変えた〟ミコトは、以前のように萎縮《いしゅく》することなく、勇気凛凛《りんりん》としていた。屋上のあの場所に足を踏み入れることもなく、弁当も教室の自分の席で食べるようになった。

夏休みが過ぎ、二学期が始まると、大学入試や就職活動一色で、皆、人間関係を気にするどころじゃない空気に包まれた。春になり、続々と各大学の合格発表が行われると、明暗くっきりと生徒が分断され、そこはかとなく漂う微妙な雰囲気の中、今日の卒業式を迎えた。

壇上で校長から卒業証書を受け取ったミコトが振り返って、全校生徒や保護者が居並ぶ客席を見渡す。保護者席に母を見つけるとにっこりと微笑み、胸パンパンに息を吸い込んだ。そして、その息に声を乗せて思いっきり吐き出しながら、深くお辞儀をした。

「お母さん、ありがとうございましたぁ！」

一瞬時が止まった後、体育館が一気にザワッとざわめく。保護者席に座る母が、照れ笑いと怒りの混ざったような、複雑な表情を浮かべているのが見えた。

煙草を辞めてお酒の量を減らした母曰《いわ》く、肌が綺麗になって、何度目かのモテ期がきたらしい。でも、母がモテるようになったのは、そういう外見的な理由じゃないと、ミコトは思っている。あれから母の表情が驚くほど明るくなり、よく笑うようになったのだ。

ただ、自分勝手で、ものぐさで、たびたび泥酔して帰宅する母の醜態には変化がなかったし、我が家の貧困も一向に改善の兆しが見えなかったのだが。

複雑な顔をする母の隣に、ひきつった顔に大量の汗を浮かべて座っている、小太りの地味な中年男性がいる。母に恋人を紹介されたのは初めてで、その時はちょっと嬉しかったが、ミコトは、この吉井《よしい》というバツイチ男が、あまり好きではない。

ミコトは、この吉井と、そして父の二人しか母の恋愛相手のことを知らない。そして、自身に至っては、恋愛どころか、まだ一人にしか恋をしたことはない。でも、その少ないサンプルから考察するに、母には言っていないが、ミコトは自分の男を見る目の無さは、母の遺伝だと確信していた。

また目が泳いでるじゃん。ほんと、マジでママを頼んだよ！　私いなくなるんだから。

吉井に、そう心の中で語りかけた。ミコトは、卒業後、都内の小さなイベント会社に就職が決まっている。今、母と住むアパートからも通えるのだが、なんとなく、ママと吉井カップルのために社員寮に入ることにしたのだ。

「そして皆さん、ありがとうございましたぁ！」

騒然とする生徒たちと、唖然とする教師ら大人たち皆に向けて、ミコトは平然と、またもや大声で叫んだ。そして、同じように深々とお辞儀をする。頭を上げた先、卒業生の一団に、一年生の時の懐かしい面々を見つける。

都内私立大に合格した〝らしい〟、サユリ。

都内の服飾専門学校に通う〝らしい〟、リオ。

予備校に通い雪辱を期す〝らしい〟、アッコ。

関西の看護学校に通う〝らしい〟、マユミ。

ダンサーになる夢を追う〝らしい〟、カオリ。

家業の和菓子店で修業する〝らしい〟、中山。

そして、東北の大学にバスケのスポーツ推薦で行く〝らしい〟、母譲りの男の見る目のなさをミコトに気付かせてくれた、シンジ。

ミコトは卒業証書を脇に挟み、空いた両手をメガホンのように口にあてる。思いっきり息を吸い込み、思いっきり吐き出す。

「みんな大っ嫌いでー！」

思いっきり、思いっきり息を吸い込み、思いっきり、思いっきり吐き出す。

「大大大好きでーす！」

高らかにそう叫んで、バイバーイ！　と笑顔で手を振った。力無く笑う母。隣の吉井はポカンと口を開け、表情は凍ってはいるが、目だけは凍らずに泳ぎ続けている。

壇上から降り、席には戻らず、花道からそのまま体育館の後ろの出口に向かう。大きくざわつく全校生徒たちが、ミコトには波打つ川のように見えた。

三年間を共に過ごした卒業生たちと教師たちの唖然、呆然、とした顔が、次から次へと目の前を流れ去ってゆく。ミコトを呼び止める教師たちの声がしたが、ざわめく波にかき消され、下流に流れ去って消えた。

卒業式を終えた――いや、〝自分の分だけ〟を終えてきたミコトは、グラウンドを越え、河川敷に立つ。川を滑ってきた春のうららかな風が、目の前にそびえ立つ緑の葦の壁を優しく揺らして、頬を撫でる。
あの日の氾濫からしばらくして、土手への立ち入り禁止が解除された直後に母と来た時には、すっかり水は引いていたものの、この葦の巨大な壁は、強大な力にひれ伏すようにべったりと倒れていた。そのおかげで、ここからでも父の小屋が〝あった〟場所が見渡せた。

当時、その、小屋があった場所は、全ての痕跡が消え去り、流れ着いた新しい大量のゴミが散乱していた。あまりにも変わり果てた景色に息が詰まりながらも、ミコトはグッと堪えて母に説明したことを覚えている。

「あそこだよ。あの地肌が見える辺り。あそこに小屋があって、その周りに猫たちがいてさー、それで――――」

ミコトが話してる間じゅう、始終、黙っていた母は、遠い目で河川敷を見渡しながら、

「こんなところでひとりぼっちでさ……」

と、一言だけ苦しそうに呟いた。

その場所は今はもう、何事もなかったように、葦の群生にすっかり埋め尽くされ、元通りに復活した立派な壁によって、見えなくなっていた。小屋に続く草のトンネルも、利用する主がいなくなり、自然の強靱《きょうじん》な生命力にすっかり塞がれて、跡形も無く消え去っていた。

トンネルの入り口があったあたりの草を、手のひらで撫でる。ここに生えているこの草たちは、ミコトより遥かに多く父に触れたのだと思うと、愛しくて、羨《うらや》ましくて、そして、嫉妬心すら覚えた。

あれから、父の特徴に似た人物が見つかったという警察からの連絡も、身元不明の死体が川や海から発見されたという情報も無かった。

ミコトは心から信じていた。父は絶対生きていると。人知れず次の岸に移動したのだと。父が度々口にしていた「私の土地じゃないから」という言葉。そう、あれは「これで終わってた

まるか！」という、現状を打破する思いがあったんだ、と。

きっと、ミコトと別れたあの夜、この岸に奇跡的に流れてきた大事な何かを掴むために、また、川に飛び込んだんだろう。飛び込んで、それを掴めたか掴めなかったかはミコトにはわからない。でも、どっちにしろ、またどこかの新たな川岸に流れ着いて、今も流れる川をジッと見つめているんだと。

葦の壁に背を向けてグラウンドを横切る。ミコトが踏み出した足下、群生したシロツメクサの白い花から、ミツバチが気怠《けだる》そうに飛び立ち、低空飛行をくり返す。土手に上がる階段を軽やかに駆け上がると、リュックのポケットからも楽しげな鈴の音が聞こえた。

遊歩道に並ぶ、まだ満開とはいえない桜の木の下を歩いて、上流にある橋を渡る。そして、橋の真ん中まで来ると、ミコトは立ち止まって欄干に寄りかかり、父の小屋があったあたりに視線を送る。

あの頃はスッポリと地面が剝き出しだったそこは、葦が生えそびえ、一人の人間が生きていた痕跡をすっかり消し去っていた。椅子代わりのビールケースももちろん流れ去って無くなっていたが、あの川岸はまだ確認できた。

この岸に流れ着いた父が、いつからか、どれくらいの間かわからないが、ひとりぼっちで川の流れを見つめていた小さな場所。教室を飛び出したあの日、父といた、あの場所。父へのいろいろな思いと、思い出を反芻して嚙み締めながら、ミコトは、父の唯一の痕跡の、その狭い川岸をじっと眺め続けた。

その時、ミコトのスマホからＬＩＮＥの通知音が流れる。スマホを取り出すと、父と母、幼いミコトの三人が満面の笑みの待ち受け画面が浮かび上がった。母の携帯電話に保存されていた写真をスマホで撮影したものだ。ロックを解除してアプリを開く。

〈おい、バカ娘！　やってくれたな💢　覚悟して帰ってこい！　今夜はオムライス〉

クスッと笑いながらスマホをポケットにしまう。鉄橋の下、濁流に埋まりながらも逞《たくま》しく生き残ったあの大木が、友達に手を振るようにミコトに葉を揺らす。

今一度、欄干に手を掛け、父と立った川岸を見る。ミコトがおにぎりを川に投げ込んだあの日。直後にここから見た、ビールケースに腰を掛けていた、寂しげな父の姿が頭に浮かぶ。

その時、土手の上から風がさらってきたのか、視界の中で桜の花びらが舞う。それはまるで――飛べないはずのおかいこさんたちが、楽しげに空を飛んでいるように見えた。

「パパーっ！」

ミコトが大きな声で叫び、大きく振りかぶる。

「ありがとうございましたぁ！」

今もどこかの岸に立って流れる川を見つめているであろう、父のもとに流れ着くように、思いっきり腕を振り抜いた。幼い頃のあの日に父が投げた流木のように、クルクルと回転をしながら、卒業証書が入った賞状筒が飛んでいく。

しっかりと川に受け止められ流れてゆくそれが見えなくなっても、ミコトはじっと立ち続け、いつまでもいつまでも川を眺めていた。

エピローグ

入社して二年、ミコトは二十歳になっていた。仕事にも慣れ、忙しい毎日を送っていた。これまでも、NGO団体と協力して、貧困家庭やヤングケアラーの子供たちを継続支援するための企画や、イジメ問題などについての勉強会など、ミコト自身の経験や体験を生かした企画を積極的に提案し、実行してきた。

　母はといえば、夜の仕事を辞め、今はパートで介護士をしている。あの不精な母が介護士とは笑えるが、要介護者やそのご家族からの評判はすこぶるいいらしい。そして吉井とは〝まだ〟続いていた。籍は入れてはいないが、一緒に暮らしていて、平凡だけど幸せな毎日を送っているようだ。

　ミコトも母も、ある時は川に飛び込み、ある時は歩いて、自分の立つ岸を勇気を出して変えていた。ただ、そのことを教えてくれた父の行方は、未だにわからずじまいだった。

ミコトがその事実を知ったのは、ひょんなことからだった。

去年、早々と社員寮を出て借りたコーポの一室。ミコトはその現在の住処《すみか》で、新しく企画したシングルマザーやシングルファザー、そしてその子供たちの交流会の資料作りのための調べものをしていた。

ノートパソコンの画面に【カイコガ】という文字を見つけた。思わずクリックすると、特徴的で大きな触角を持ち、真っ白で、蛾とは思えないほど愛らしくて美しい姿の、昆虫の画像が現れた。

そういえば、こうやって実物の写真を見るのは初めてだった。父から聞いただけで、なぜ、今まで調べようとしなかったのかと不思議に思いながら、カイコガについての文章を読み進める。

〈繭から糸を取るために品種改良された、自然界に存在しない蛾。野生に回帰する能力を完全に失った唯一の家畜化動物。蚕と呼ばれる幼虫から成虫のカイコガになっても、翅《はね》はあるが飛ぶことはできない〉

居場所も、帰る場所も無いんだ――――。

以前の自分と重なり、心が締め付けられる。込み上げるものを感じながら続きを読み進めたミコトに、ある一文が突き刺さった。

「…そうだったんだ…一緒だね」

そう呟いて微笑むミコトから涙がこぼれ落ちる。それは、悲しみや哀れみの涙ではない。そうやって生きることが、どれほど辛くて、どれほど寂しいかが痛いほどわかるからこそ、この蚕という、不憫で偉大な〝大先輩〟を想い、讃《たた》える涙だった。

ミコトは立ち上がり、部屋の隅の収納棚から小さなフォトアルバムを手に取る。アルバムのリングの部分に結ばれた、二本のカイコガのストラップがチリチリと鳴った。それを愛しそうに手のひらに載せ、まるで仲間をいたわるかのように語りかけた。

「口……取れたんじゃなかったんだね」

指の腹で頭を優しく撫でる。そう、両親にミコトがしてもらい、ミコトが両親にしてあげたように、優しく、優しく、優しく――――。

「おいっ！　どうしたん？」

その時、シャワーを浴びて出てきたタクミが泣いているミコトに気付き、慌てて近寄ってきた。ミコトより五歳年上のタクミは同じ会社の先輩だ。付き合って一年ちょいになる。本人が思っているほど面白くないのに、他人の話にもオチを求めてくるし、何でもいちいちツッコんでくる、〝面倒くさいほう〟の関西人だ。

やっぱり竹下家の女どもは、男を見る目がない――――こともなかった。付き合う前、ミコトは勇気を出して、今までの人生をすべて包み隠さずにタクミに話した。タクミはもちろん茶化すでもなく、逆に、変に重苦しく受け取るでもなく、ごくごく自然に向き合った。それからずっと大きく優しく包んでくれているのだ。

「……ん、大丈夫…」

「大丈夫ちゃうやろ、泣いてるやん！」

「フフフ」

「急に笑《わろ》てるし！　頭おかしなってるやん！」

「黙ってて」

「気になるやん！」

「もー、まじでウザいよ」

「ウザいっていう奴がウザいねん！」

「もー、子供じゃん、向こう行って！」

ミコトがタクミを手で突いた。ローテーブルに戻り、アルバムを開く。そこには、父と母の携帯電話からかき集めた画像を、プリントアウトした写真が並んでいる。三人で暮らしていた頃の、父、母、ミコトの、何度見ても思わず笑みが漏れる仲睦まじい写真。一枚一枚を愛しい気持ちで眺めながら、ページをめくり終える。

父。母。ミコト。そしてパソコン画面に映し出されたままの、桑の葉を食べる幼虫の蚕。糸を吐き繭を作る蚕。成虫になったカイコガ。ミコトは頭を撫でるように、順番に優しく指でなぞる。

――――そうだよね、私たち。私もママも、そしてパパも、おかいこさんと一緒だよ。三人で寄り添っていたあの頃の、あの時の、あのごくごく短い期間に蓄えた幸せの栄養分、それだけで必死に生きてきたんだよね。

ミコトは噛み締めるように、もう一度、その一文を見た。

〈カイコガは、幼虫の時に桑の葉を食べて蓄えた栄養分だけで、一生を生きる。なので成虫には口は無く、食物どころか水さえ飲めない〉

でも今は違う。違うよ。ママもパパも、そして私も――。

この間、会った時に、吉井の隣で幸せそうにケラケラ笑っていた母の顔を思い浮かべる。いったい何処にいるかはわからないが、仲間たちと楽しくしている父を想像する。そして、少し離れたところで部屋着を着ながらチラチラと心配そうにミコトを窺っているタクミを見る。

川岸を変えれば変わる――。

高校の卒業式が始まる前、ミコトは〝死ぬはずだった〟あの日以来初めて、屋上に足を運んだことを思い出す。座り込んだ目の前に、あの日にミコトが刻んだ文字が残っていた。

〈居場所なんてない〉

ミコトはそれをしばらく眺めたのち、あの日のようにシャープペンシルを取り出す。そしてこう書き足した。

〈、ってこともないよ〉

少し悩んだ末に、文末に付け足した「よ」は、もしいつか、捕食者につけられた傷と絶望を抱えた後輩が、ここに座り込みこれを目にした時の、先輩からの心添えとエールだ。

居場所なんてない、ってこともないよ――。

パソコンとアルバムを閉じると、おかいこさまがチリッと鳴いた。ミコトが躍るように立ち上がる。

「なんやっ？」

髪を拭きながら様子を窺っていたタクミが、びっくりして声を上げる。

「あんな、わたしな、これからは、口開けていっぱいいいっぱい味わって、いっぱいいいっぱい声上げて、いっぱいいいっぱい飛び回ったるねん！」

ミコトは弾ける笑顔と妙なイントネーションの大阪弁でそう高らかに宣言した。そして、

「ミコトってほんと凄いんだぞ！」

そう叫んで、啞然と立ち尽くすタクミの胸に、大きな羽を広げて飛びついた。

星田英利（ほしだ　ひでとし）
1971年生まれ、大阪府出身。「ほっしゃん。」として活動し、2005年に第３回R-1ぐらんぷりにて優勝。その後芸名から本名の星田英利に戻し、以降俳優としてドラマ、映画、舞台等、幅広い分野で活躍している。

本書は書き下ろしです。
この作品はフィクションです。実在の人物・団体とは一切関係がありません。

題字　M・H
装画　しらこ
装丁　原田郁麻

くちを失《な》くした蝶《ちょう》

2024年９月３日　初版発行

著者／星《ほし》田《だ》英利《ひでとし》

発行者／山下直久

発行／株式会社KADOKAWA
〒102-8177　東京都千代田区富士見2-13-3
電話　0570-002-301（ナビダイヤル）

印刷所／旭印刷株式会社

製本所／本間製本株式会社

●お問い合わせ
https://www.kadokawa.co.jp/（「お問い合わせ」へお進みください）
※内容によっては、お答えできない場合があります。
※サポートは日本国内のみとさせていただきます。
※Japanese text only

定価はカバーに表示してあります。

ISBN 978-4-04-114018-5　C0093